그 길 위에서
만난 모든 것

그 길 위에서
만난 모든 것

초판 1쇄 인쇄_ 2025년 07월 20일 | **초판 1쇄 발행_** 2025년 07월 25일
지은이_문기주 | **펴낸이_**오광수 외 1인 | **펴낸곳_**새론북스
디자인·편집_윤영화
주소_서울시 용산구 한강대로 76길 11-12 5층 501호
전화_02)3275-1339 | **팩스_**02)3275-1340 | **출판등록_**제2016-000037호
E-mail_ jinsungok@empal.com
ISBN_978-89-93536-77-5 03810
※ 책 값은 뒤표지에 있습니다.
※ 꿈과희망는 도서출판 새론북스의 계열사입니다.

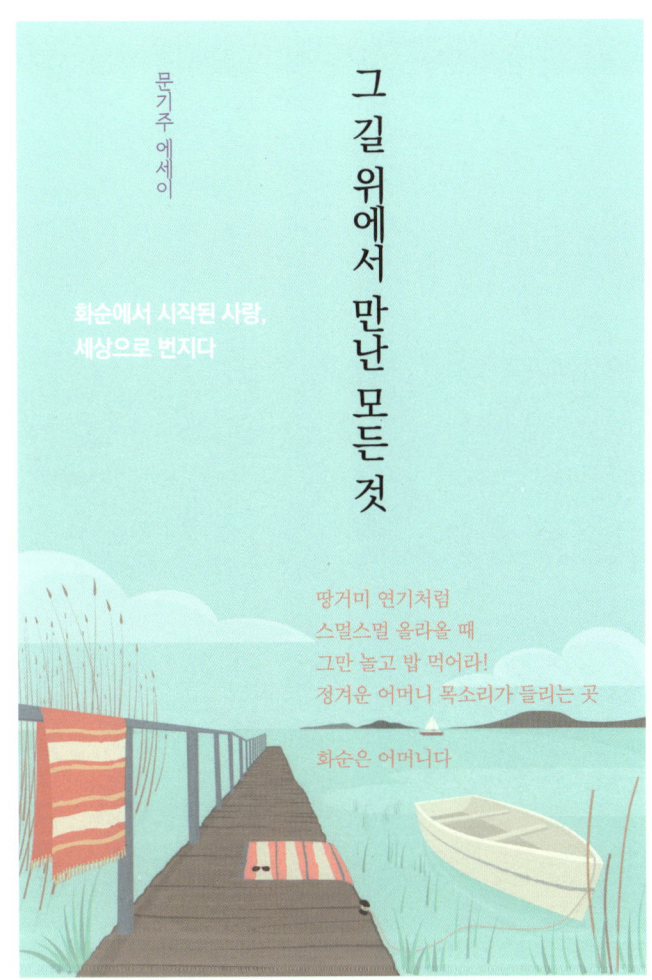

문기주 에세이

그 길 위에서 만난 모든 것

화순에서 시작된 사랑,
세상으로 번지다

땅거미 연기처럼
스멀스멀 올라올 때
그만 놀고 밥 먹어라!
정겨운 어머니 목소리가 들리는 곳

화순은 어머니다

새론북스

　사람은 누구나 자기만의 길을 걷는다. 어떤 길은 평탄하고, 어떤 길은 구불구불하고, 어떤 길은 아예 지도가 없는 길도 있다. 나도 그랬다. 이리저리 부딪히고, 넘어지고, 다시 일어나면서 내 길을 걸어 왔다. 지금 이 글을 쓰고 있는 이 순간에도, 누군가는 어디선가 자기 길을 걷고 있을 것이다.

　내 이야기는 아주 작은 시골마을, 화순에서 시작된다. 화순은 내 고향이고, 내 인생의 첫 페이지 같은 곳이다. 그곳에서 처음으로 세 상이란 걸 알게 됐다. 사람을 만나고, 일이라는 걸 배우고, 쓰고 닳 은 손으로 살아가는 어른들의 모습을 보면서 나도 그들처럼 살 거 라 생각했다. 하지만 그때는 몰랐다. 그 '살아간다'는 말 속에 이렇 게 많은 희로애락이 들어 있는 줄은.

처음엔 정말 아무것도 없었다. 가진 거라곤 젊음 하나, 그리고 마음속 깊은 곳에 있는 어떤 뜨거움이었다. 뭔가 해보겠다는 욕심, 그리고 사람들과 잘 어울리며 살고 싶다는 마음. 나는 그 마음을 '사랑'이라고 생각한다. 사람을 좋아하고, 함께하고 싶고, 누군가를 도우면 나도 기분이 좋아지는 그런 감정. 그게 결국 내 인생을 움직여온 가장 큰 힘이었다.

살면서 정말 많은 사람을 만났다. 좋은 사람도 많았고, 그렇지 않은 사람도 있었다. 도와준 사람도 있었고, 속인 사람도 있었다. 그래도 그 모든 사람들을 통해 배우고 성장했다. 누군가와 마음을 나눴던 기억, 함께 일하며 웃고 울었던 순간들, 그게 다 내 인생의 보물 같은 장면들이다. 그래서 나는 '사람이 전부다'라는 말을 믿는다. 결국 우리가 남기는 것도, 우리가 얻는 것도 다 사람이 주고받는 마음이라 생각한다.

인간에게 경제는 생존이고 삶이다. 돈이 있어야 밥도 먹고, 집도 구할 수 있으니까. 처음에는 경제가 그냥 '생존을 위한 도구'처럼 느껴졌다. 그런데 시간이 지나면서 생각이 달라졌다. 경제는 단순히 돈을 버는 것만이 아니라 그 안엔 늘 사람이 있었다. 돈은 사람과 사람 사이를 오가고, 신뢰나 약속 같은 보이지 않는 감정들도 함께 움직인다.

결국 경제는 사람 없이 돌아갈 수 없는 거였다. 그 안에 담긴 사람들의 이야기를 함께 보면 훨씬 더 흥미롭고 살아 있는 느낌이 든다. 그래서 지금은 어떻게 하면 사람들과 함께 잘 살 수 있을까를 고민하면서 경제를 바라보게 됐다. 이렇게 사업을 하면서 책임감을 배웠고, 사람들 사이에서 살아가는 법을 배웠다.

치열한 삶을 살아오면서 마음이 가장 조용해지는 시간은 시를 쓸 때였다. 어릴 적 기억, 고향, 사랑, 외로움, 감사, 그런 것들을 말로 다 못 풀 때 시로 남겼다. 그리고 그 시를 누군가 읽고 공감해 준다면, 그보다 더 따뜻한 일이 또 있을까?

요즘은 e스포츠가 많은 사람들에게 알려지고, 즐거운 여가 활동으로 자리 잡기를 바라는 마음으로 e스포츠 발전에 힘쓰고 있고, 태권도를 통해 전 세계에 K-컬처를 소개하며 다양한 문화 외교 활동도 하고 있다.

그렇게 내 삶은 여러 갈래의 이야기들로 이어져 왔다. 사업도 하고, 책도 쓰고, 문화 외교라는 이름으로 세계 곳곳을 다녔다. 그리고 무엇보다, 나눔을 실천하려 노력했다. 혼자만 잘 사는 건 별 의미가 없다고 생각한다. 함께 살아야 진짜 의미가 생긴다. 그래서 가진 걸 조금씩 나누고, 내 경험을 필요한 사람들과 공유하는 일을 소중히 여긴다. 누군가에게 작은 힘이 될 수 있다면 그걸로 충분하다.

이 책에는 내가 걸어온 길 위에서 만난 모든 것들이 담겨 있다. 뜨거운 열성, 자수성가의 이야기, 고향의 기억과 환경 이야기, e스포츠와 태권도 그리고 세계를 향한 도전, 마지막으로 나눔과 문학, 평화에 대한 이야기까지. 각기 다른 이야기 같지만, 결국 다 하나의 큰 흐름 안에서 이어진다. 바로 '사람을 향한 마음', 그게 중심이다.

누구에게는 별것 아닌 이야기일 수도 있고, 또 누구에게는 낯설고 생소할 수도 있다. 하지만 나는 그저 솔직하게, 있는 그대로 나의 길을 풀어놓고 싶었다. 나처럼 이 길 위를 걸어가는 누군가가 이 이야기를 통해 작은 위로나 용기를 얻는다면 더 바랄 게 없다.

1부

사랑, 불꽃처럼 치열하게

열정과 경제,
자수성가의 뜨거운 여정

꿈은 열정을
먹고 자란다

요즘 학생들한테 "너 꿈이 뭐야?" 하고 물어보면, "없어요…."라는 대답이 쉽게 돌아온다. 꿈을 한번 써보라고 하면 한참 멍하니 있다가 "근데 꿈이 뭐예요?" 하고 되묻는 경우도 있다. 예전에는 대통령, 우주비행사, 가수 같은 대답이 줄줄 나왔는데, 지금은 왜 이렇게 조용할까?

가만히 생각해 보면 그럴 만도 하다. 매일같이 학교 갔다가 학원 가고, 숙제하고 시험 준비하느라 바쁜데 언제 꿈을 꾸겠나 싶기도 하다. 뭔가 해보고 싶은 게 있어서 한마디라도 할라치면 "그거 해서는 밥 먹고 살기 힘들걸."이라는 말이 들리면 이내 마음을 닫아버린다. 그러다 보니 꿈은 직업과 연결되고 돈을 많이 버는 직업을 갖고 있으면 꿈을 이룬 것 같은 착각에 빠진다.

꿈은 인생의 네비게이션 같다. 운전을 할 때 어디로 가야 할지 몰라도, 네비게이션을 켜면 수많은 길이 나온다. 그중에 한 길을 선택해서 수많은 신호등과 갈림길들을 지나가다 보면 목적지에 도착한다.

여기에 열정이라는 연료가 있으면 좀 힘들어도 버틸 수 있고, 재미도 생긴다. 게임에 빠진 한 학생이 있다. 게임을 하고 있으면 재미도 있고, 다른 게이머들과 정보도 나누고, 게임에서 이기면 너무 신나고 즐거웠다. 그러나 이를 바라보는 주위의 시선은 달갑지만은 않다. 게임에 빠지면 뭔가 인생이 망가질 것처럼 말하고, 프로게이머가 되는 길이 얼마나 힘든데 할 수 있겠냐 등등. 그러나 그 학생은 게임을 하면서 코딩도 배우고, 영어도 공부하게 되고, 심지어 게임 세계에서 만난 일본 친구와 대화하기 위해 일본어도 배우고 결국 일본으로 게임공부를 하러 떠나기로 했다.

좋아하는 걸 꿈으로 만들고, 거기에 열정을 더하니 꿈은 현실로 한 걸음 더 다가왔다.

꿈은 처음부터 원대하고 거창할 필요는 없다. 요즘 인기 많은 직업으로 요리사가 뜨고 있다. 특히 요리사 100명이 나와 요리 경연대회를 하면서 경쟁하는 프로그램이 뜬 후 셰프에 대한 인기는 치솟고 있다. "난 유명한 셰프가 되고 싶어!" 이런 것도 좋지만, "요리해 보는 게 재밌다." 정도만 있어도 충분하다. 그 작은 관심이 나중에 진짜 꿈이 될 수 있다. 중요한 건 한 번이라도 '나 이거 해보고 싶다'는 생각을 해보는 것이다. 해보고 싶은 게 있으면 직접 해보고, 해보다

보면 진짜 하고 싶은 게 뭔지 점점 눈에 보이고 손에 잡히게 된다.

열정은 거기서 시작된다. 뭔가에 빠져들다 보면 더 잘하고 싶어지고, 그러다 보면 꿈도 생기고, 어느새 진짜 나만의 길을 가고 있게 된다. 요즘 세상이 아무리 팍팍하고, 다들 무기력하다고 해도 괜찮다. 다른 사람이 아닌 나 자신에게 집중하자. 내 안에서 원하는 게 뭔지, 하고 싶은 게 뭔지를 깊이 들여다봐야 한다. 꿈은 누가 대신 찾아주는 게 아니라 내가 직접 만들어가는 것이다.

어렵게 생각하지 말고, 지금 당장 '요즘 내가 제일 재밌어하는 게 뭐지?' 그거 하나만 떠올려 보자. 거기서 꿈이 자라날 수도 있다.

먹고 살기 위해, 돈을 벌기 위해 현실에 뛰어들어 살면서도 바람이 불면 마음 한구석에서 감성이 튀어나오고, 자연을 보면 고향에 관한 시를 지으면서 한 걸음 한 걸음 나가다 보니 어느새 시인으로 등단하고 시집도 내게 되었다.

꿈을 이루기 위한 길은 결코 탄탄대로는 아니다. 돌아가기도 하고 멈추기도 하고 뛰어넘기도 해야 하는 도전적이고 어려운 길이지만, 그 길을 계속 가게 만드는 것이 바로 열정이다. 많은 사람들이 자신의 꿈을 실현하기 위해 끊임없이 노력하지만, 그 과정에서 겪는 어려움과 좌절도 크다. 열정은 우리가 꿈을 향해 나아가게 하는 에너지이다. 열정이 없다면 어쩌면 꿈은 희망사항에 불과할 수도 있다.

우리가 꿈을 추구하는 동안 필요한 힘과 에너지는 바로 열정이 만들어 줄 것이다.

열정이 없으면, 중간에 포기하거나 꿈을 단념하게 될 수도 있다. 그러나 열정은 꿈을 이루는 과정에서 비록 실패해도 다시 일어날 수 있게 하고, 계속해서 도전할 수 있게 만든다. 꿈을 향한 열정은 끝없는 에너지와 끈기를 주어, 어떠한 어려움 속에서도 포기하지 않도록 돕는다.

장터에서 배운
시장경제

시장을 처음 경험한 건 어린 시절 엄마 손을 잡고 따라간 화순의 오일장이었다. 장터에 갈 때는 왠지 신이 나고 무슨 좋은 일이 생길 것만 같다. 장터에 들어서는 순간 평소와는 다른 풍경이 펼쳐지고, 이곳에서만 느낄 수 있는 생동감이 넘쳐 흘렀다. 사람들은 좌판을 펼쳐놓고 물건을 팔고 있었고, 사람들 목소리와 웃음소리, 호객하는 외침이 이어졌다. 눈으로 보기에는 정신이 하나도 없고 너무 복잡하고 어수선했지만, 이상하게도 모든 것이 순리대로 돌아가는 것 같았다.

"할매, 조금만 깎아줘요. 저쪽 물건보다 조금 작은 것 같은데."

"안 돼. 맘에 들면 그쪽 가서 사. 우리 물건은 아주 싱싱해서 안 돼."

"싱싱한 거 알죠. 그러니까 조금만 깎아줘요. 기분인데."

"에이, 기분이다. 깎아줄 수는 없고 덤으로 한 개 더 줄게."

물건을 사는 사람은 한 푼이라도 깎으려고 하고, 파는 사람은 깎아주면 큰일날 듯이 방어를 친다. 마치 싸우는 것처럼 보이지만 희한하게 기분이 나쁘지 않게 싸운다. 한 푼이라도 깎으면 사는 사람은 왠지 돈을 번 것 같고, 그렇다고 깎아준 상인이 망할 거라고는 생각하지 않는다.

이렇듯 장터는 수치와 통계 없이도 경제가 어찌 흘러가는지 실제로 보여주는 생생한 경제 교과서다. 사람들의 욕구가 있고, 그것을 채워줄 물건이 있으며, 서로 주고받는 과정 속에서 가격이 결정되고, 거래가 이루어진다. 딱딱하고 어려운 개념처럼 느껴졌던 경제가 사

실은 우리 삶의 아주 가까운 곳에서, 가장 현실적인 형태로 살아 숨 쉬고 있다는 걸 장터는 직접 눈으로 보고 배울 수 있게 해준다. 교실에서 배운 경제가 머리로 이해하는 것이라면, 장터에서 배운 경제는 몸으로 느끼는 것이다. 왠지 시장이라는 단어보다 장터라는 단어가 정감 가고 따뜻하게 느껴진다.

　요즘도 시장을 가끔 찾는다. 종합쇼핑센터에 몸담고 있으면서 왜 시끌벅적한 전통시장을 찾는지 의아할 수도 있다. 전통시장은 시장경제가 어찌 돌아가고 있는지 사람들의 반응을 직접 느낄 수 있는 장소다.

　시장에 가면 물건 하나를 팔기 위해 사장님들이 어떤 말투를 쓰고, 손님들이 어떤 기준으로 살지 말지를 결정하는지 바로 알 수 있다.

"오늘 깻잎이 왜 이렇게 안 나가요?"라는 말 한마디에도 힌트가 숨어 있다. 그날그날의 날씨, 가격, 분위기, 사람들의 지갑 사정까지 시장통은 금세 반응한다. 잘 팔리는 메뉴가 무엇인지, 잘 팔리지 않는 물건은 어떤 것들인지, 사람들이 모이는 골목에는 어떤 특징이 있는지, 피해 다니는 길목에는 무슨 일이 있는 건지, 이 모든 게 살아 움직이는 데이터다.

바빠 돌아가는 시대를 살다 보니 사람들은 자꾸 온라인으로만 경제의 흐름을 보려고 한다. 숫자만 보고 그래프만 본다. 하지만 숫자에 사람 냄새가 배어 있어야 진짜라는 생각이 든다. 시장에 가면 그 냄새가 확 느껴진다. 무심코 던진 손님의 말 한마디, 튀김 사러 온 아이의 표정, 가격 흥정에 웃으며 져주는 사장님의 손짓. 이런 것들이 모여서 '요즘 시장 분위기'라는 걸 만든다.

시장에서 오랜 시간 동안 장사를 해 온 상인과 이야기를 나누었다. 그 상인은 이렇게 말했다.

"사람들이 우리 집을 찾는 이유는 단순히 가격이 싸기 때문만은 아니에요. 내가 몇 년 동안 쌓은 신뢰가 있어서 우리 가게를 계속 찾는 거죠. 단골이 있으니 버티고 장사합니다."

시장에서의 거래는 결국 사람과 사람 사이의 신뢰를 기반으로 하고 있는 것이다. 가격이 조금 비싸더라도 믿을 수 있는 사람에게서 물건을 사고, 또 그 사람을 찾게 된다. 이는 시장경제에서 신뢰가 얼마나 중요한지 말해 주고 있다.

쇼핑센터도 결국 사람들의 발걸음으로 유지되는 곳이다. 그 발걸음이 어디로 향하는지 알려면, 한눈팔지 말고 사람 사는 곳을 봐야 한다. 그래서 시장을 자주 가려고 애쓴다. 크고 반짝이는 곳을 지속하기 위해서는 작고 살아 있는 곳이 함께 굴러가야 한다. 이것이 바로 상생의 경제이다.

지역 경제,
뜨겁게 품다

한 신문 기사에 이런 내용이 실렸다.

"온 마을이 아이를 키운다는 말 실감해요. 저도 아이도 동네에서 스타 대접 받고 행복하게 살아요."

충북 음성군 한 마을에서 아기를 낳은 어머니의 말이다. 15년 만에 이 마을에서 태어난 아이가 깰까 봐 조심한다면서 울음소리가 나면 마을 사람들이 모두 즐거워한다.

"우리 마을 80여 가구 170여 명 가운데 태반이 노인이다. 젊은 부부가 마을에 온 뒤 아이까지 생겨 마을에 생기가 돈다. 우리 마을의 보배다."

마을 이장님 말씀에도 알 수 있듯이 지금 농촌에서는 아기 울음소리가 사라지고 있다.

인구는 줄고 청년들은 도시로 떠나니 지역에는 젊은 인구가 줄고 있다.

통계청의 2023년 농림어업조사에 따르면, 농사짓는 집이 99만 9,000가구로 전년 대비 2.3% 감소하였는데, 100만 가구가 붕괴한 건 조사를 시작한 1949년 이래 처음이다. 농가 인구 중 65세 이상 고령층 비율이 52.6%로, 처음으로 절반을 넘어섰다.

농업을 기반으로 하고 있는 우리나라에서 지역 경제는 힘들다 못해 붕괴 직전이라는 말이 나올 정도로 위기에 놓여 있다. 사람들은 일자리를 찾아 도시로 떠나고, 남아 있는 동네는 점점 조용해진다.

통계청에 따르면, 우리나라 전체 인구의 절반 이상이 수도권에 살고 있다. 이렇게 되면 시골이나 작은 도시는 사람이 줄고, 돈지갑을 열 사람이 없으니 소비도 줄어든다. 가게는 손님이 없고, 버티다 버티다 결국 문을 닫게 된다.

이제는 지역 경제를 외면하지 말고, 다시 살리는 데 힘을 모아야 할 때다.

지역 경제는 사람이 살아가는 데 필요한 것들이 그 안에 다 들어 있다. 동네 가게, 농장, 작은 공장, 시장, 병원, 학교 같은 것들이다. 이런 것들이 잘 돌아가야 동네가 살고, 그 안에 사는 사람들도 행복할 수 있다. 이것들이 무너지면 마을은 점점 살기 어려운 곳이 된다. 일자리도 없고, 살 것도 없고, 결국 사람도 떠난다.

　지역 경제가 힘들어지는 가장 큰 이유는 사람들이 점점 도시로 몰려가기 때문이다. 특히 젊은 사람들은 일자리를 찾아 서울이나 큰 도시로 떠난다.

　매일 뉴스를 통해 들리는 경제 소식을 접하다 보면 경제라는 말은 뭔가 어렵고 멀게 느껴진다. 경제는 절대 어려운 말이 아니다. 우리가 매일 살아가는 삶 그 자체가 경제다. 가게 문을 열고 첫 손님을 기다리는 마음, 동네에서 치킨 한 마리 더 팔리기를 바라는 사장님의 손길, 살림을 이리저리 쪼개가며 아이 학원비를 걱정하는 엄마의 계산기 두드림. 그게 경제다. 그리고 그게 지역 경제다.

　지역 경제는 멀리 있지 않다. 집 앞 편의점, 단골 미용실, 동네 슈퍼, 시장 좌판, 그 모두가 지역 경제의 중심이다. 그런데 우리는 자꾸만 대형마트, 유명 프랜차이즈, 온라인 쇼핑몰로만 눈을 돌린다. 당장 편하고 쉽게 이용하다 보니 그 사이 우리 동네는 점점 비워지고 있었다. 어느 순간, 시장은 조용해지고, 골목은 어두워지고, 사람들은 떠나고 있었다. 지역 경제는 그렇게 조용히 서서히 식어가고 있다.

　그러고 보니 지역 경제를 살리는 일은 대단하고 거창한 일이 아니다. 지금 나부터 시작하면 된다. 주말엔 동네 빵집에 들러 빵을 사고, 단골 식당에 가서 밥을 먹고, 시장에서 반찬거리를 사는 것. 이 작은 행동들이 쌓여 조금씩이라도 변화를 일으키면 된다. 경제도 삶도 관계도 모두 '사람'이 중심이라는 사실을 잊어서는 안 된다.

어떤 사람은 이렇게 말한다.

"지역 경제 살려봤자, 다 서울로 가잖아."

맞는 말일 수도 있다. 하지만 그건 우리가 그렇게 내버려두기 때문이다. 동네를 버리고, 스스로 외면하기 때문에 그렇게 되는 거다. 아무도 오지 않는 시장은 결국 문을 닫는다. 하지만 사람들이 다시 찾는다면 달라진다. 사람의 발걸음이 가장 강력한 투자다.

지역 경제는 돈만으로 살릴 수 없다. 지역에 대한 관심이 굳게 뿌리내리지 않으면 사상누각처럼 무너지고 만다. 관심이 모이면 기회가 생기고, 기회가 생기면 변화가 온다. 그 변화는 느릴 수도 있고 작을 수도 있다. 분명한 건 그 변화는 누군가의 따뜻한 마음에서부터 출발한다는 것이다. '우리 동네가 잘 됐으면 좋겠다'는 마음. 지역을 뜨겁게 품는 건 그런 마음이다.

지역 경제를 살리는 일은 불씨를 지키는 일이다. 바람 불어도 꺼지지 않게 해야 하고, 금세 사그라지지도 않게 해야 한다. 조심스럽게, 하지만 꾸준히 불을 덥히는 일이다. 그건 기계가 아닌 사람의 마음이 있어야 가능한 일이고, 돈만으로 되는 일도 아니다. 이런 마음으로 행동하고 실천해야 우리 지역을 살릴 수 있을 것이다.

살면서 '뜨겁게 품는다'는 말을 종종 떠올린다. 무언가를 뜨겁게 품는다는 건, 쉽게 포기하지 않고 무관심하지 않고, 함께 아파하고 함께 기뻐하겠다는 뜻이다. 지역 경제도 그렇게 품어야 한다. 단순히 돈을 쏟아부어 성장을 강요하기보다 숨을 쉬게 하고 스스로 자라게 해야 한다.

"아고, 애들 땜에 시끄러워 못 살겠네."라는 행복한 푸념이 시골 곳곳에서 들려올 날이 반드시 올 거라 믿는다.

ESG 경영이 필수인
시대를 살아가다

예전에는 월급을 제때 못 주고 한 달 두 달 밀려 주는 일이 비일비
재했다. 그러다 보니 돈 잘 버는 회사에 취직하는 것이 무엇보다 중요
했다. 회사가 돈을 잘 벌어야 하는 것은 기본이다. 그러나 요즘은 그
이유 하나만으로 회사가 존재할 수는 없다. 예전엔 돈만 잘 벌면 "우
와, 대단한 회사다." 하고 박수쳐 주었지만 지금은 사람들이 묻는다.

"어떻게 돈을 벌었나요?"

"그 돈 벌면서 누군가 다친 건 아닌가요?"

"지구는 괜찮나요?"

이제는 무작정 돈을 많이 버는 것도 중요하지만 돈을 어떻게 버는
지가 더 중요해졌다. 환경을 망치고, 사람들을 혹사시키고, 온갖 꼼

수로 이익을 남긴 회사는 비난을 받는다. SNS에 한 번 잘못 걸리면 회사 이미지가 와르르 무너지고 심지어 문을 닫기도 한다. 똑똑해진 소비자들은 물건을 고를 때 싸고 좋은 것만 찾는 게 아니라 이걸 만든 회사가 믿을 만한 곳인지 따지고 살펴본다.

"이 회사는 플라스틱을 줄이려 노력하고 있나?"

"직원들 복지는 어떤가?"

전 세계적으로 이런 사회적 변화가 일어나자 2004년에 UN에서 공식적으로 ESG라는 개념을 제안하면서 ESG 경영이 시작되었다.

환경을 파괴하면서까지 돈을 버는 것이 과연 정당한지, 이익만을 추구하는 기업이 사회 전체를 위험에 빠뜨리는 건 아닌지를 고민해서 만들어진 개념이 ESG이다. 환경(Environment), 사회(Social), 지배구조(Governance), 이 세 가지를 기업 경영의 중심에 두자는 제안이다. 어떻게 만들고, 누구와 일하며, 어떤 방식으로 회사를 운영하느냐가 중요하다는 것이다.

지구온난화 등 기후 변화가 날이 갈수록 심각해지고, 코로나19 같은 감염병이 지구 곳곳에서 발생하면서 ESG 경영은 이제 피할 수 없는 현실이 되어버렸다. 단순히 기업의 전략이 아니라, 삶의 철학이고 생존의 조건이 된 것이다.

'사람은 혼자 살 수 없고, 함께 살아야 한다'

이것은 경제인이든 아니든 사람이 살아가는 데 잊지 말아야 할 진리이다.

환경은 우리가 숨 쉬는 공기이자, 우리가 딛고 사는 땅이다. 기후 시스템이 흐트러지고 환경이 파괴되고 있는 지금, 우리 모두 가해자인 동시에 피해자라면, 이제는 우리가 행동의 주체가 되어야 한다. 친환경 제품을 만들고, 탄소배출을 줄이고, 자원을 절약하는 방식으로

바꾸는 것은 살아남기 위한 전략이다. 그리고 그 전략은 우리의 선택에 달려 있다. 우리가 어떤 기업의 제품을 사는지, 어떤 소비를 하는지에 따라 세상은 바뀐다. 소비자가 바뀌면 기업도 바뀐다. 그래서 ESG는 기업의 경영전략이면서 동시에 우리 삶의 철학이 되는 것이다.

사회적 책임은 너무도 무겁지만, 또 너무도 당연하다. 화순에서 자랄 때, 마을 어르신들은 늘 "힘든 사람은 나눠서 도와야 한다."고 말씀하셨다.

당연한 그 말씀 속에 사회적 책임이 담겨 있다. 사업을 하면서 지역과의 연대를 중요하게 생각해서 쇼핑센터에서 청년 창업 공간을 무상으로 제공한 적도 있고, e스포츠 진흥협회를 통해 청소년들이 새로운 꿈을 꾸도록 하였다. 사회는 약한 사람을 위한 구조가 있어야 건강하다. 기업도 마찬가지다. 내부 직원이 존중받고, 외부 이해관계자와의 공정한 거래가 유지될 때, 진정한 신뢰가 쌓인다.

지배구조의 밑바탕에는 '정직함'과 '책임감'이 깔려 있다. '정직한 어린이가 되어야 한다', '책임질 줄 아는 사람으로 커야 한다' 등 정직과 책임에 대한 말은 어린 시절부터 무수히 듣게 된다. 그러나 이 말은 어린이들에게만 적용되는 것이 아니라 우리 모두에게 해당되는 말이다. 기업에서 의사결정 구조가 투명하고, 불합리한 권력의 손이 움직이지 않고, 직원 누구나 자기 목소리를 낼 수 있는 구조가 건강한 조직이고, 오래가는 기업의 모습이다.

ESG는 기업뿐만 아니라 개인의 삶의 태도이기도 하다. 우리가 어떤 음식을 먹고, 어떤 방식으로 이동하며, 누구의 목소리에 귀를 기울이고, 어떤 행동을 하는지가 모두 ESG의 연장선상에 있다.

혼자 이익을 좇는 것이 아니라 모두를 생각하는 방식이어야 하고, 환경을 해치지 않고, 사회적 약자를 돌보며, 정직하게 운영하는 것이어야 한다. 그것이 진짜 성장이고, 진짜 성공이라는 것을 이제는 모두가 알아야 한다.

기업이든 개인이든 이제는 외면할 수 없다. ESG는 거대한 정책도, 유행도 아니다. 그것은 지금 우리의 삶을 지탱하는 가장 본질적인 이야기다.

기업이 잘 되려면 돈을 벌어야 한다는 것도 중요하지만 그보다 항상 함께해야 할 것이 있다.

'지속 가능하게, 그리고 함께'

기업이 살아남기 위해서라도, 인간이 이 땅에서 계속 숨쉬기 위해서라도 우리는 ESG를 외면해서는 안 된다. 그 첫걸음은 아주 작고, 일상적인 것에서 시작된다.

우리는 ESG 경영이 필수인 시대를 살아가고 있다. 그리고 그 길은 결국, 사람을 향한 길이다.

개인에게도 ESG는 새로운 삶의 지표가 될 수 있다. 쓰레기를 줄이고, 대중교통을 이용하며, 소수의 목소리에 귀를 기울이고, 옳지 않은 일에는 '아니오'라고 말하는 것. 그런 태도들이 쌓이면 세상은 조금씩 바뀐다. 이 모든 것이 금방 완벽하게 이루어지지 않을 것이다. 중요한 것은 방향이다. 더 나은 사회, 더 지속 가능한 미래를 향해 나아가는 방향. 그 방향을 알려주는 나침반이 바로 ESG다.

글로벌 민간경제외교의
문을 여는 태권도외교단

태권도는 어린이들에게 너무 익숙하다. 동네 곳곳에 태권도장이 있고, 친구들 중에도 도복 입고 수련하러 다니는 아이들이 많다. 가끔 올림픽 때 TV 중계로 태권도 경기를 하면 애국심이 뿜어져 나와 열심히 응원한다. 그러나 사람들에게 태권도는 그 정도였다. 그냥 우리나라 전통 무술 중 하나, 체육 활동 중 하나일 뿐이다.

그런데 외국에 나가 보면 이 평범한 생각이 완전히 뒤집힌다. 한글 간판이 걸린 건물을 보면 태권도장이 자리 잡고 있다. 그 도장은 현지인들로 북적이고, 도복을 입은 아이들과 청소년들이 진지한 눈빛으로 사범의 지시에 따라 움직이고 있다. "차렷", "경례", "준비", "하나", "둘" 등 한국말이 들린다. 이제 태권도는 '우리 것'이면서도 '

전 세계적인 것'이 되어 있다.

태권도는 전 세계 어디서나 사랑받는 스포츠이다. 그저 운동이 아니라, 문화와 정신을 담은 특별한 의미를 가진 이 운동은 세계 곳곳에서 인기를 끌고 있다.

2016년 리우 올림픽에서 태권도가 올림픽 종목으로서 중요한 역할을 하였으며, 이를 계기로 태권도의 세계적인 위상은 더욱 높아졌다. 종주국으로서 올림픽만 열리면 메달을 휩쓸고 있는 태권도를 통해 민간경제외교 활동이 활발하게 이루어지고 있다. 바로 '태권도외교단'이다.

태권도외교단은 한국을 널리 알리는 일을 한다. 각국에서 태권도를

통해 사람들과 소통하고, 한국의 역사와 문화를 전파하는 역할을 한
다. 이들은 스포츠를 매개로 다른 나라 사람들과의 친선 관계를 맺고,
한국에 대한 긍정적인 이미지를 심어주는 중요한 임무를 맡고 있다.

　이들은 단순히 태권도를 가르치고 전파하는 것뿐만 아니라, 각국
의 사람들과 문화를 이어주는 다리 역할을 하고 있다. 태권도외교단
은 태권도를 기본으로 하여 세계 곳곳에서 활발하게 활동하며, 그들
의 활동은 단지 운동을 넘어서, 사람들 사이의 소통과 이해를 돕기도
하고, 심지어 민간경제외교의 역할까지 하고 있다.

　아시아, 아프리카, 유럽, 아메리카 등 전 세계에 태권도를 보급하고
있다. 단순히 태권도를 가르치는 것만이 아니라 각 나라의 사람들과

함께 훈련하고, 문화 교류의 역할도 하고 국제적인 우정을 쌓고 있다. 이러한 활동들을 통해 한국을 세계에 알리고, 다른 나라들과의 외교 관계를 더 좋은 방향으로 나아가게 하고 있다.

태권도외교단이 아프리카와 남미에서 활발히 활동하면서, 그 지역들에서 태권도는 단순한 운동을 넘어 한국의 대표적인 문화 콘텐츠로 자리 잡기 시작했다. 그러다 보니 한국 제품에 대한 관심이 높아지고, 한국을 찾는 외국인들이 늘어나면서 관광 산업에도 긍정적인 영향을 미치고 있다.

태권도외교단이 방문하는 곳에서 다양한 경제인들과의 만남도 이루어지고 그 자리에서 경제 교류도 일어난다. 태권도와 관련된 다양한 산업들이 성장하고 있다. 태권도 관련 용품, 의류, 운동 기구 등은 한국의 중요한 수출 품목으로 자리 잡고 있고, 태권도를 배우기 위한 국제적인 수요가 늘어나면서, 한국의 태권도 교육기관들도 글로벌 시장에서 크게 성장하고 있다.

각국의 경제인들과의 만남은 다른 제품들의 수출입 관련 이야기로 연결되고 자연스레 무역의 장이 만들어지기도 한다. 이렇듯 태권도외교단의 활동은 점점 넓어지고 있다.

지난 몇 년간 태권도외교단의 활동은 전 세계 여러 나라의 언론에서 주목을 받았다. 인도의 한 신문에서는 태권도외교단의 활동이 크게 보도되기도 하였다. 태권도외교단이 인도에서 펼친 활동은 단순히 태권도 시범을 보이고 가르치는 것에 그치지 않았다. 그들은 태권도를 중심으로 한 글로벌 협력의 기회를 만들기도 하고, 다양한 분야에서 협력을 도모하는 중요한 계기를 마련하였다. 태권도로 사람들 사이의 신뢰를 쌓고, 나아가 서로 다른 문화를 이해하고 존중하는 장을 만들어가고 있다.

태권도외교단은 스포츠를 넘어선 외교적인 활동을 통해 세계 각국의 사람들과 교류하며, 문화적인 가교 역할을 하고 있다. 태권도라는 공통의 관심사를 통해 서로 다른 배경을 가진 사람들 간의 마음을 열고, 교류의 기회를 만들고 있다. 세계 각국에서 태권도를 통해 청소년들에게 긍정적인 영향을 미치며, 그들의 삶의 질을 높이는 데 한몫을 하고 있다.

최근에는 글로벌 의료기술 협력의 장으로도 활동을 펼치고 있다. 의료 분야에서 태권도외교단이 활약하는 모습은 단순히 운동을 가르치는 것에 그치지 않고, 국가 간 협력과 지원을 이끌어내고 있다. 태권도를 통해 각국의 의료 분야와 협력하고, 이를 통해 의료기술을 공유하고, 서로의 발전을 도울 수 있는 기회를 만들어가고 있다.

이들이 만든 연결고리는 단순히 체육이나 외교뿐만 아니라 사람들 사이의 진정한 소통과 이해를 위한 중요한 다리가 되고 있다.

태권도가
k-컬쳐를 이끌다

몇 년 전 미국 인기 오디션 프로그램인 '아메리카 갓 탤런트'에 출연한 세계태권도연맹 시범단의 무대가 미국을 뜨겁게 달궜다. 다양한 재능을 가진 참가자들이 마음껏 끼를 발산하며 실력을 겨루는 쇼 프로그램에서 태권도 시범단의 무대는 심사위원들을 충격에 빠트리고 기립박수를 받으며 결선까지 진출했다. 아쉽게 결선 진출로 마무리했지만 사람들의 마음을 사로잡은 것은 분명하다.

심사위원 중 한 명이 말했다.

"내 평생 이런 걸 한 번도 본 적이 없어요. 태권도란 싸움에 관한 것이 아니에요. 용기에 관한 것이고, 자신감에 관한 것이고, 그리고 존중에 관한 것이지요. 난 오늘 다른 그 누구도 못한 그것을 여러분이 해낸 점을 존경합니다."

심사위원의 말처럼 태권도는 단순히 운동이나 무예라고만 할 수 없다. 시범단이 선보인 퍼포먼스에는 '고난과 역경 속에서도 자신을 제어하고 방어할 방법을 터득해 평화로운 세상을 만들기 위해 노력한다'는 메시지를 담았다.

태권도는 우리가 살아가는 세상에서 중요한 가치들인 예의, 인내, 존중 같은 것들을 배우게 해준다. 전 세계인들은 태권도를 통해 삶의 방향을 찾을 수 있을 것이다.

발과 손을 사용해서 공격하고 방어하며 승리하는 방법을 찾는 태권도는 삶을 어떻게 살아가야 하는지에 대한 방법을 알려주기도 한다. 그래서 태권도를 배우면 단순히 기술을 익히는 것뿐만 아니라, 사람답게 살아가는 법도 배울 수 있다. 태권도를 할 때 몸을 움직이면서 마음도 함께 단련시키는 것이다.

태권도를 생활 속으로 친밀하게 하려는 시도는 꾸준히 이어져 오고 있다. 그중 하나가 태권도와 국악의 만남이다. 절도 있는 태권도와 유연한 흐름으로 이어지는 탈춤이 만나 누구나 즐겁게 운동할 수 있는 체조를 만들기도 하였다. 신명나는 장단에 맞춰 어깨를 들썩이고 몸을 흔드는 춤을 추다 보면 고단하고 힘들었던 일상들은 잊게 된다. 태권도의 기술과 탈춤의 자유로운 흥의 리듬, 서로 어울릴 것 같지 않은 두 전통이 만난 시너지는 새로운 예술과 문화의 영역을 만들어냈다.

이런 노력들이 태권도를 K-컬쳐의 세계로 이끌었다. 예전에는 한국 하

면 떠오르는 인물로, 박지성, 김연아, 손흥민 등 스포츠 선수들을 손꼽았지만 이제는 빅뱅, 방탄소년단 등 k-팝이 전 세계 대중음악계를 휩쓸면서 한국에 대한 관심이 높아지고 사회, 문화, 경제 곳곳에서 한국의 모습을 찾을 수 있다.

K-컬쳐는 K-팝, K-드라마, K-영화뿐만 아니라, 한국의 전통 문화와 현대 문화가 합쳐져서 세계인의 마음을 사로잡고 있다.

이제 K-컬쳐의 중요한 한 부분을 태권도가 차지하고 있다. 전 세계에서 많은 사람들이 태권도를 배우고 싶어 하고, 한국의 태권도 시합을 보기 위해 몰려든다. 그 덕분에 태권도는 한국 문화를 전 세계에 알리는 중요한 역할을 하고 있다.

한국에서는 태권도뿐만 아니라 탈춤도 중요한 국가유산이다. 탈춤은 전통 가면극으로, 탈이라는 가면을 쓰고 춤을 추면서 사회의 부조리를 고발하기도 하며 서민들의 애환을 풀어주는 풍자와 해학이 담긴 공연이다. 탈춤은 사람들에게 즐거움도 주지만 춤과 연기를 통해 사회의 문제를 들여다보고 사람들 사이의 관계에 대해 다시 생각해 보게 한다.

탈을 쓰고 양반들로부터 억눌렸던 감정을 쏟아내기도 하고 다른 신분으로 변신하기도 하면서 웃음과 해학으로 서민들의 애환을 담아낸 탈춤이 현대에 와서는 전통문화로 자리 잡아 많은 사람들의 사랑을 받고 있는 것이다.

태권도가 국악과 만나 환상적으로 결합된 공연들이 많이 생겨났다. 이런 공연은 한국 전통의 멋과 태권도의 역동성을 동시에 보여준다. 태권도를 배우는 사람들이 탈춤의 의상을 입고 춤을 추면서, 태권도의 예술적인 동작을 더 아름답게 표현해낸다. 그런 공연을 보고 있으면, 우리는 태권도가 단순한 스포츠가 아니라, 하나의 예술이라는 것을 느낄 수 있다. 춤과 태권도의 멋진 조화는 마치 한국 문화의 깊이를 한껏 보여주는 것 같다.

한국 문화가 전 세계적으로 사랑받는 이유는 바로 이런 독특한 아름다움 덕분이다. 전통적인 요소와 현대적인 요소가 잘 어우러져서 만들어낸 새로운 형태의 공연들은 사람들에게 신선한 경험을 느끼게 해주고, 그 경험을 통해 한국에 대한 관심을 더욱 키우게 만든다. 그래서 전 세계 사람들이 한국의 태권도뿐만 아니라, 한국의 전통문화와 현대문화까지 동시에 알게 되는 것이다.

이렇게 태권도와 국악이 결합된 공연은 K-컬쳐의 매력을 더욱 널리 퍼뜨린다. 그중의 하나가 바로 '아메리카 갓 탤런트'에서 태권도 시범단이 보여준 퍼포먼스다.

이런 태권도의 정신은 단지 한국에만 국한되지 않고, 전 세계로 퍼져나가 젊은 청년들에게 꿈과 희망을 주고 있다. 태권도를 통해 사람들은 서로 다른 나라, 다른 문화의 사람들과도 잘 지낼 수 있게 된다.

태권도는 단순한 스포츠가 아니다. 그것은 한국의 깊은 철학과 문화를 담고 있는 예술이다. 또한 K-컬쳐의 중요한 부분으로, 전 세계에 한국의 아름다움과 가치를 알리는 큰 역할을 하고 있다. 태권도를 배우고 그 정신을 실천하면서 한국의 멋진 문화를 전 세계 사람들과 나누는 것이 태권도가 K-컬쳐를 이끄는 이유이다.

배움의 결핍이
도전의 욕구를 자극한다

학창 시절은 유난히 길고, 또 유난히 짧았다. 남들처럼 평범한 학생의 하루를 보낼 수 없었다. 새벽 3시에 일어나 어둠 속에서 신문을 돌리면서 하루를 준비했다. 신문을 다 돌리고 나면 의과대학으로 갔다. 연구원들이 일할 수 있도록 미리 준비하고 여러 필요한 잡일들을 했다. 정식 직원이 아니라 그저 이런저런 잡일을 하는 학생이었지만 그 공간은 삶의 터전이자 배움터였다.

일이 끝나면 2부 학교로 갔다. 지친 몸을 이끌고 교실에 앉으면, 선생님 말씀이 멀리서 말씀하시는 것처럼 아득하게 들려오곤 했다. 하지만 그 순간만큼은 모든 걸 내려놓고 오롯이 공부에 집중하고 싶었다. 교과서 속 문장 하나하나가 다른 세상으로 가는 통로처럼 보였다.

공부하고 싶다는 마음은 언제나 간절했다. 그러나 현실은 그런 간절함조차 사치처럼 느껴지게 했다. 어떻게 하면 돈을 벌 수 있을까, 경제적 자립을 할 수 있을까 라는 현실은 눈앞에 있고, 배움에 대한 간절함은 너무 멀리 있었다.

군복무가 끝난 후부터 삶의 터전에 뛰어들어 청춘을 다 바쳐 치열하게 살다 보니 경제적으로 나아지기 시작했다. 사업을 시작하고, 여러 가지 경험을 쌓으면서 점차 나만의 길을 열어갔다. 경제적으로 안정된 삶을 살게 되었지만, 그때 한 가지 확실하게 느낀 것이 있다. 배워야 한다는 것이었다. 배움의 기회는 많지 않았지만, 그 결핍을 채우기 위한 방법을 찾는 데 집중했다.

이렇듯 배움의 결핍은 사람을 절망에 빠뜨리는 대신, 계속 도전하라고 자극한다. 현실적으로 불가능하다는 이유로, 온갖 이유를 대며 외면하고 싶어도 사라지지 않고 자극한다. 이 자극은 '어떻게든 배워야겠다'는 다짐으로 바뀌게 된다.

배움의 결핍은 누군가를 무너뜨릴 수도 있지만, 동시에 누군가를 일으켜 세우는 힘이 되기도 한다. 그것은 한계를 시험하고, 의지를 다지고, 방향을 잡아주는 강력한 동기다.

그 결핍을 채우기 위해 스스로 경험하고 학습하고, 새로운 지식을 찾기도 하고, 끊임없이 성장하려는 노력을 하게 된다. 배움이 단절된 상태에서는 삶이 멈춘 것처럼 느껴질 수 있으며, 이를 극복하기 위한 의지와 노력은 오히려 더 큰 성장을 이끌어내기도 한다.

진정한 배움은 단지 정보의 축적에 그치지 않고, 현실 속에서 온몸으로 터득하고 활용하면서 완성된다. 다양한 도전을 하다 보면 서서히 배움의 결핍을 메우게 되고 그 과정 속에서 한층 더 성장하게 된다.

배움이 부족하다는 것을 단순히 약점이나 실패로 연결해서는 안 된다. 오히려 그것은 도전하겠다는 마음이 생기기도 하고, 새로운 가능성을 여는 출발점이라고 생각해야 한다. 결핍이 있기 때문에 더 배우고자 하는 갈망이 생기고, 원하는 게 있어야 새로운 기회를 발견하고 도약의 발판으로 이어지게 된다. 만약 결핍이 없었다면, 많은 사람들은 현재에 안주했을지도 모른다.

배움의 결핍은 좌절이나 두려움의 대상이 아니라 삶의 방향을 바꾸

는 원동력이 될 수 있다. 실제로 부딪치고 해결해 나가는 경험과 지속적인 학습이 결합될 때, 그것은 더 나은 삶으로 이끌어주는 중요한 자산이 된다. 배움이 부족하다는 이유로 포기하기보다는, 그 결핍을 계기로 삼아 도전하고 성장하는 것이야말로 진정한 성공으로 가는 길이라 할 수 있다.

지금 돌이켜 보면, 그 힘든 시간들이 결국 삶의 가장 깊은 뿌리가 되었다. 가난이 힘든 시간들을 지나게 했지만, 결국 다시 일어나게 만든 것도 그 안에서 피어난 배움의 열망이었다.

오늘도 도전하고 있다. 배움은 아직 끝나지 않았고, 도전 역시 계속되고 있다.

청춘이
견딘 시간

청춘!

듣기만 해도 가슴 설레고, 빛이 반짝이고, 사랑이 넘치고, 뭔가 대단한 일이 일어날 것 같은 시간이다. 누구나 청춘을 맞이할 땐 기대가 크다. 인생 최고의 순간이 펼쳐질 것만 같다.

하지만 막상 청춘의 시기가 시작되면 청춘은 우리가 기대한 것보다 훨씬 복잡하게 펼쳐진다. 뭐가 정답인지도 모르겠고, 하루하루가 버겁기만 하다. 하고 싶은 건 많은데, 뭘 먼저 해야 할지 몰랐고, 하고 있어도 잘하고 있는 건지 이 길이 맞는지도 늘 헷갈린다. 가끔은 아무것도 안 하고 싶은 날도 있지만, 시간은 왜 이리 빨리 가는지 이러다 뒤처지는 건 아닌지 마음이 불안하다. 남들과 비교하지 않으려고 해도 자꾸 눈이 가고, 그럴 때마다 자꾸 위축되고 자존감이 떨어진다. 점차 사람들과 떨어져 혼자 있는 시간이 편해질 때가 늘어난다.

그럼에도 이상하게 계속 나아가게 된다. 이유도 없는데 포기하지도 못 하고, 힘들어도 끝까지 해보게 된다. 가끔은 "다 필요 없어. 그냥 집에서 누워 있고 싶어." 하다가도 또다시 도전하고, 또다시 상처받고, 또다시 울면서 웃는다. 청춘은 그렇게 끝나지 않는 반복 속에 있다.

청춘은 잘 웃고 잘 울고, 잘 몰라서 더 부딪히는 시기다. 실수도 많이 하고 후회도 많이 하지만, 그땐 왜 그렇게 고민했는지, 왜 그렇게 아팠는지, 훗날엔 웃으면서 얘기할 수 있는 날이 온다.

지금의 청춘이 비록 초라해 보이더라도, 그건 분명히 자라는 중이고 진행 중이라는 뜻이다. 아직 덜 만들어졌고, 그래서 더 가능성이 많다. 엉망진창 같아도 괜찮다. 청춘은 그런 거니까.

완성된 사람이 아니라, 만들어지는 시간이 청춘이다.

청춘은 그렇게 지나간다. 지나고 나면 그때 그 시절이 어땠는지 잘 기억나지 않을 때도 있지만, 그 시절이 우리에게 준 영향은 오래도록 남는다. 세상에는 고통 없는 청춘이 없다고 하지만, 그 고통 속에서 스스로를 빌견하고 성장한다. 그때는 그 고통이 끝나지 않고 끝없이 계속될 것 같지만, 지나고 나면 그 시간이 우리를 단단하게 만들어 준 소중한 시간이었다는 것을 깨닫게 된다.

청춘은 늘 불확실하고 불안하다. 어쩌면 그 불확실함이 청춘의 본질일지도 모른다. 우리는 그 시절, 무엇을 해야 할지 어디로 가야 할

지 모른다. 세상은 너무 넓고, 우리는 그 안에서 아주 작고 불안정한 존재 같다. 무엇인가를 이루고 싶은 마음은 너무 크고 간절하지만, 그 방법이 보이지 않는다. 하지만 시간이 지나고 나서야 깨닫는다.

청춘이란 결국 견디는 시간이다. 우리가 겪고 있는 불확실성 속에서 스스로를 찾아가고, 그 길을 걷기 위해 필요한 힘을 키운다. 당장 원하는 것을 잡지 못할지라도 그것이 나를 성장시키는 뿌리가 된다. 청춘을 지나오면서 끝없이 감내해야 했던 어려움들이 결국 내가 더 나은 사람이 되도록 도와준다.

모든 일이 잘될지, 내가 원하는 삶을 살 수 있을지, 그 끝이 어떻게 될지 알 수 없다는 생각에 멈칫거리게 되고 불안해한다. 하지만 그

불안 속에서도 한 걸음씩 나아가야 한다. 내일이 어떻게 될지 모르지만, 오늘 할 수 있는 최선을 다해 살아가다 보면, 그 시절 힘들었던 고통의 순간들이 지나고 우리는 그 경험을 바탕으로 한 걸음 더 성장한 자신을 만나게 될 것이다.

"왜 이렇게 힘든 걸까?"

청춘을 지나면서 한 번쯤 해본 말이다. 세상은 늘 불공평해 보이고, 다른 사람들은 다 잘살고 있는데 나만 뒤처진 것처럼 느껴진다. 그런 생각은 결국 스스로를 성장하지 못하게 만든다.

세상은 결코 모든 사람에게 공평하지 않다. 그럼에도 불구하고 우리는 계속해서 나아가야 한다. 그 과정 속에서 더욱 강해지고, 더 나은 사람으로 성장해 간다. 그 시간이 우리를 단단하게 만들어 준다.

청춘의 과정은 애벌레가 허물을 벗고 나비가 되기 위한 과정과 닮았다. 처음엔 그저 미약하고 작은 존재일 뿐이다. 기어 다니고, 먹고, 견디는 하루하루가 전부다. 그러다 문득 멈추게 되는 순간이 온다. 더는 나아갈 수 없을 것 같을 때 애벌레는 고치를 짓는다. 세상이 어찌 돌아가든 자기와의 싸움에 모든 것을 걸고 변화를 준비한다.

청춘도 그렇다. 아무것도 아닌 존재 같고 어디로 가야 할지 모르겠고 온통 불안한 마음들이 마음속을 헤집고 다닌다. 사람들은 자꾸만 성장하라고, 어른이 되라고 한다. 하지만 그게 어디 말처럼 쉬운 일인가. 그래서 청춘은 스스로를 감추는 고치를 짓는다. 혼자 있는 시간을 원하고, 생각이 많아지고, 방황을 한다. 고치 속은 어둡고 답답하지만 그 안에서 무언가 꿈틀댄다. 오래도록 잠잠했던 날개가 조용히 자라기 시작한다.

처음 날갯짓을 할 땐 두렵고 떨리지만, 바람을 타고 높이 올라가는 기분은 애벌레였을 땐 절대 상상할 수 없던 것이다. 그렇게 청춘은 자기만의 날개를 얻는다. 아프고 흔들리던 시간들이 모두, 이 한 번의 비상을 위한 준비였다는 걸 알게 된다.

청춘들에게 말하고 싶다.

"그 시간은 결코 헛되지 않습니다. 그 고통 속에서 배우고 성장할 수 있다면, 그 시간이 결국 더 나은 사람으로 만들어 줄 겁니다."

그렇게 믿고 나아가다 보면, 어느새 지나간 청춘을 떠올리며 미소

지을 날이 올 것이다. 청춘의 고통은 끝없이 따라오겠지만, 그 끝에서 우리는 더 큰 힘을 얻을 것이다. 그 힘이 우리를 이끌어줄 것이다.

청춘이라는 시간을 통해 나를 만나고, 나를 성장시킬 수 있다. 청춘이 견딘 시간은, 결코 허투루 흘러가는 시간이 아니다. 그 시간이 우리를 더 강하게, 더 뚜렷하게 만든다.

위기를
기회로…

모두가 바쁘게 살고 있었다. 지하철은 항상 붐볐고, 회사는 야근이 일상이었고, 주말마다 쇼핑몰은 사람들로 가득 찼다. 어디든 가득 차 있었고, 시간은 늘 부족했다. 그러던 어느 날 모든 게 멈췄다. 사람들끼리 가까이 가는 게 위험하다는 세상이 왔다. 전염병 코로나19가 그렇게 세상을 덮쳤다.

2019년 11월에 시작된 코로나19는 발생 4개월 만에 전세계 모든 대륙을 집어삼켰다. 급속도로 번진 전염병으로 병원은 사람들로 가득 찼고, 병실 부족으로 대혼란을 겪어야 했다. 병원에 입원하지 못한 사람들은 집에서 치료를 받아야 했다. 자가격리라는 말이 낯설고 무겁게 다가왔다.

그렇게 세계는 조용하고 느리게, 그러나 확실하게 바뀌어갔다.

처음엔 다들 몇 주만 버티면 되겠지 생각했지만 상황은 점점 심각해졌다. 회사는 재택근무를 시작했고, 학교도 문을 열고 닫기를 반복했다. 겨울방학이 끝나고 신학기가 되었지만 처음 만난 선생님과 친구들은 컴퓨터 화면 속에서 만나야 했다. 아이들은 집에서 수업을 듣는 날이 점점 많아졌다. 심지어 교회도 화상 예배로 바뀌었다. 거리에는 차보다 배달 오토바이가 더 많아졌고, 손 세정제와 마스크가 일상의 기본이 되었다.

이렇게 갑자기 멈춘 세상에서 경제도 같이 흔들렸다. 사람들이 움직이면서 함께 돌아가는 경제는 휘청거리기 시작했다. 사람들이 밖에 안 나가고 돈을 쓰지 않으니 식당도, 카페도, 여행사도 타격을 받았다. 가게 문은 닫히고, 힘들어진 기업들도 축소 경영을 하면서 일자리를 잃는 사람도 많아졌다. 주식이 폭락을 하고 뉴스에서는 하루가 멀다 하고 '경제 위기'라는 말이 나왔다.

이렇게 가다가는 모든 것이 망할 것만 같았다. 혼란의 상태가 끝나지 않으면 모든 것이 무너져버릴 것만 같았다.

그린데 모든 세 나빠지기만 한 건 아니었다. 사람들은 혼란한 틈에서도 생존해야 했고 생존 방법을 찾아내기 시작했다. 심지어 어떤 일들은 이 시기를 기회의 시간으로 바꾸고 점차 커지기 시작했다. 온라인 쇼핑이 대표적이다. 마트나 시장에 가면 사람들과 부대껴서 부담스러우니까 사람들은 스마트폰으로 장을 보기 시작했다. 쿠팡, 배달

의민족, 네이버 쇼핑 같은 앱들이 매출을
쑥쑥 올렸다. 코로나19가 없었으면 몇 년
걸렸을 변화를 단 몇 달 만에 해낸 셈이다.
　회사들도 변했다. 대면 문화에서 비대면
문화로 바뀌어 갔다. 회의 한 번 하려면
다들 한자리에 모였는데, 이제는 노트북

화면 하나로 회의를 했다. 지리적 거리는 전혀 문제가 되지 않았다. 이런 변화를 이끌어줄 화상회의 앱은 선풍적인 인기를 끌었고, 이런 변화는 직업 문화로 퍼져서 출퇴근 시간이 변화되고, 일의 방식이 달라졌다. 어떤 회사는 사무실을 줄이고 아예 재택근무를 기본으로 바꾸기도 했다. 이렇게 사람들이 집에 있는 시간이 늘어나다 보니 자연스레 유튜브나 넷플릭스, 게임 같은 콘텐츠 산업도 성장하게 되었다.

코로나19로 전 세계가 패닉 상태에 빠졌지만 사람들은 이를 새로운 기회로 삼았다. 코로나 팬데믹 이후 모든 것이 팬데믹 이전으로 돌아갈 수는 없었다. 한 번 물길을 바꾼 변화의 물결은 거꾸로 되돌아가지 않는다. 누군가는 생존을 위해 변화의 물결에 뛰어들었고 누군가는 새로운 기회라 생각하고 이를 틀어잡았다. 바뀐 세상에 빨리 적응한 사람들은 오히려 더 잘되기도 했다. 동네 식당 사장님이 손님이 안 오니까 배달을 시작했고, 카페에서 손님을 기다리지 않고 커피 원두를 온라인으로 팔았다. 헬스장이 문을 닫자 운동 코치들이 집에서 따라 할 수 있는 운동 영상을 만들기 시작했다. 혼란이 시작되었을 때는 어찌 됐든 버텨 보자라고 생각했는데 이제는 변화에 올라타기 위해 바꾸려는 노력들이 시작되었다.

경제는 사람들의 일과 소비, 돈의 흐름이다. 그래서 우리가 어떻게 살고, 무엇을 사고, 어디에 시간을 쓰는지가 경제를 만든다. 코로나19는 그 모든 걸 한꺼번에 흔들었고, 그래서 경제 역시 바뀔 수밖에 없다. 큰 회사에 취직해서 평생 일하는 게 성공한 삶이었다면, 요즘은 작게 시작해서 유연하게 일하는 사람들이 많아졌다. 직접 물건을 만드는 대신 온라인에서 연결하고, 팔고, 홍보하는 방식이다.

사람들의 생각도 많이 바뀌었다. 예전엔 빠르게, 많이, 크게가 중요했다면 이제는 '지속 가능한가', '안전한가', '가치 있는가' 같은 질문을 하기 시작했다. 친환경, 윤리적 소비, 사회적 책임 같은 단어들이 더 이상 낯설지 않다. 기업들도 이 흐름을 무시할 수 없게 됐다. 그냥 싸게 팔기만 해선 안 되고, 고객과 사회를 함께 생각해야 한다는 걸 깨달은 것이다.

그렇다고 이런 변화가 모두에게 공평했던 것은 아니다. 어떤 사람은 온라인 시대에 잘 적응했지만, 어떤 사람은 기술이나 자원 부족으로 더 어려워졌다. 그래서 코로나19 이후의 경제는 격차를 줄이는 방법도 같이 고민해야 한다. 모두가 똑같이 기회를 가질 수 있게, 디지털 교육이나 사회안전망 같은 게 더 중요해졌다.

코로나19는 분명 무서운 재난이었다. 수많은 사람이 가족과 이별하고, 아프고, 일상을 잃었다. 되풀이되지 않으려면 그 고통을 잊지 않아야 한다. 그러나 무서운 위기 속에서 많은 변화가 일어났고, 그 변화는 생각보다 깊숙이 우리 삶 속으로 들어왔다.

위기는 갑자기 오고, 준비할 틈도 주지 않는다. 하지만 그 위기를 어떻게 받아들이느냐에 따라 결과는 달라질 수 있다. 무서워서 멈추기만 하면 거기서 끝이다. 무섭더라도 한 걸음 내딛고, 힘들더라도 적응하고, 어렵더라도 바꾸면 그게 기회가 된다.

다음에 또 다른 위기가 올 수도 있다. 그러나 우리는 이미 한 번 겪어봤고, 그때 어떻게 살아남았는지 기억하고 있다. 그 기억이 우리를 더 유연하게 만들고, 더 강하게 만들 것이다. 변화를 두려워하지 않는 태도, 그게 위기를 기회로 만드는 첫 번째 조건이다.

인생의 멘토는
정답을 주지 않는다

"세상 살기가 싫다. 뜻대로 안 된다."며 "남들도 불행하게 만들고 싶었다."라는 기사가 사회면 뉴스에 등장하는 일이 심심치 않게 일어나고 있다.

가장 편안하고 안전해야 할 가정과 학교가 전혀 안전하지 않고 사회 곳곳이 불안으로 가득해지고 있는 것이 현실이다. 시스템을 바꿔야 한다, 제도를 바꿔야 한다 등등 수많은 방법들이 쏟아져 나오지만 어느 것도 완벽해 보이지는 않는다.

이런 기사를 보다 문득 저 사람이 힘들어할 때 곁에 누군가가 있었으면 이렇게까지 되지는 않았을 텐데, 힘들다고 할 때 귀 기울여 들어주는 사람이 있었으면, 손 한 번 잡아줬으면 어땠을까 하는 생각이 든다.

사람마다 삶의 모습이 다르겠지만 평탄한 인생을 사는 사람은 단 한 사람도 없다. 누군가에게는 별일 아닌 것처럼 넘어갈 수 있는 일이 누군가에게는 하늘이 무너져내리는 고통으로 다가오기도 한다.

인생을 살아가는 동안 우리는 길을 잃은 느낌을 받는 순간을 만나

게 된다. 마치 안개 속을 헤매는 것처럼, 내가 어디로 가야 할지, 어떤 선택이 옳은지 알 수 없을 때가 많다. 그럴 때 누군가의 한마디로 위로받기도 하고 꽉 막혔던 삶의 해결 방법을 찾기도 한다. 이것이 바로 '멘토'이다. 멘토는 길을 잃었을 때 도움을 줄 수 있는 사람이

다. 그들은 우리의 경험을 바탕으로 조언을 해주고, 때로는 길을 비추는 등불처럼 존재한다. 그러나 멘토의 조언이 항상 정답인 것은 아니다. 우리는 멘토의 말을 그대로 따르는 것이 아닌, 그들의 조언을 바탕으로 나만의 길을 찾아야 한다.

사람은 누구나 자기가 생각하는 '정답'을 가지고 있다. 그러나 그 정답이 모든 사람에게 맞는 것은 아니다. 각자의 삶의 배경, 상황, 가치관이 다르기 때문이다. 누군가에게는 아주 단순하고 명확한 선택이 다른 사람에게는 복잡하고 어려운 결정이 될 수 있다. 멘토는 자신의 경험을 바탕으로 이야기하지만, 그것이 다른 사람에게 그대로 적용될 수 있는 보편적인 정답이 될 수는 없다.

"우리는 아무리 강해도 약합니다. 두렵다고 겁이 난다고 주저앉아만 있으면 아무것도 변화시킬 수 없습니다. 두렵지 않기 때문에 나서는 것이 아닙니다. 두렵지만 나서야 하기 때문에 나서는 것입니다. 그것이 참된 용기입니다."

가난한 시절을 보내고 힘든 시간을 지나올 때 나에게 삶의 방향과 가치를 제시해 준 내 인생의 멘토, 김대중 전 대통령의 말이다.

자신감이 넘치고 뭐든지 해낼 수 있다고 생각하며 살아왔지만 선택해야만 하는 힘든 순간들이 곳곳에 있었다. 이때 멘토의 말은 어둠 속에서 방향을 알려주는 빛과 같다.

멘토의 조언은 '정답'이라기보다는 하나의 방향을 제시하는 것이다. 멘토는 우리가 좀 더 나은 결정을 내릴 수 있도록 도와준다. 그들은 우리가 지나온 길에서 배운 교훈과 경험을 바탕으로 조언을 해준다. 그 조언은 때로는 실용적이고 구체적일 수 있고, 때로는 추상적이거나 철학적인 성격을 띠기도 한다. 하지만 그 조언이 그대로 정답이 되지는 않는다. 그 조언을 통해 자신만의 답을 찾아야 한다. 멘토의 조언을 따르더라도, 그 조언이 나에게 맞지 않는다면 나는 나만의 방법으로 그 문제를 해결해야 한다.

가끔 우리는 멘토의 조언을 너무 당연하게 받아들인다. 그들의 말이 맞다고 생각하고, 그것을 그대로 실행에 옮기려고 한다. 하지만 멘토의 삶과 내 삶이 다르다는 사실을 깨닫는 순간 당황할 수 있다.

멘토는 그들이 살아온 삶 속에서 나온 지혜를 나누는 것이지만, 그 지혜는 그대로 나의 삶에 적용될 수 없다. 나의 삶은 나만의 고유한 경험과 감정으로 이루어져 있기 때문이다. 멘토의 말이 정답 같은데 왠지 나에게 맞지 않는다고 느껴질 때, 그 말이 틀린 게 아니라 나의 상황에 맞지 않음을 인식하는 것이 중요하다. 멘토의 말이 정답이 아니라고 해서 그 조언이 가치 없는 것은 아니다. 그 말은 나에게 생각할 거리를 주고, 내가 무엇을 원하는지, 내가 어떻게 살아가고 싶은지 고민하게 만든다.

인생에서 중요한 것은 멘토의 조언을 무조건 따르는 것이 아니라, 그 조언을 바탕으로 나만의 길을 찾아가는 것이다. 멘토는 누군가를 돕는 역할을 할 뿐, 나의 길을 걸어가는 것은 결국 나 자신이다. 나는 내가 처한 상황에서 최선의 선택을 해야 한다. 멘토는 그 선택을 내리기 위한 기준을 제공할 수 있지만, 최종적인 선택은 내가 해야 한다.

누구나 멘토의 말이 항상 옳다고 생각하기 쉽지만, 인생에서 '정답'이라는 것은 존재하지 않는다. 세상에 정해진 길은 없다. 각자 자신만의 길을 걸어가야 한다. 그 길에서 멘토는 내 길을 비추는 하나의 등불이 될 수 있지만, 그 등이 나의 모든 길을 밝혀주는 것은 아니다. 나는 멘토가 가르쳐준 대로 따르는 게 중요한 것이 아니라 그들의 말에서 나에게 맞는 부분을 찾아내고, 그것을 내 삶에 맞게 적용해야 한다.

때로는 멘토의 조언을 따르지 않는 것이 더 나은 선택일 수도 있다. 나는 내 직관과 경험을 바탕으로 결정을 내려야 한다. 멘토의 말을 무조건 따르는 것이 아니라, 그 말이 나의 현재 상황에 어떻게 적용될 수 있을지를 고민해야 한다. 그렇게 하면, 나는 나만의 방법으로 문제를 해결할 수 있을 것이다. 멘토가 제시하는 길은 나에게 길을 가는 방법을 알려주는 것일 뿐, 그 길이 항상 내가 가야 할 길인 것은 아니다.

인생에서 멘토의 역할은 결코 간단하지 않다. 그들은 우리가 어려운 상황에 처했을 때, 방향을 제시해 주고, 우리가 더 나은 결정을 내릴 수 있도록 돕는다. 그러나 그들의 조언이 모든 상황에서 맞는 답이 될 수는 없다. 각자의 삶과 상황이 다르기 때문이다. 멘토의 말은 하나의 참고자료일 뿐, 그것이 반드시 정답이라고 할 수는 없다.

멘토가 주는 조언이 중요한 이유는, 그것이 나의 삶에 대한 새로운 시각을 열어주기 때문이다. 멘토는 내가 보지 못한 부분을 지적해 주고, 내가 놓치고 있는 것들을 알려준다. 그러나 결국 내가 그 조언을 어떻게 받아들이고 적용하느냐는 내 몫이다. 나는 멘토의 조언을 바탕으로, 내 삶에 맞는 결정을 내려야 한다. 그 조언이 내가 걸어야 할 길을 제시해 준다고 생각하면, 나는 그 길을 따라가되, 그것이 나에게 맞는지 확인하면서 걸어가야 한다.

인생에서 중요한 것은 결국 내가 나만의 길을 찾는 것이다. 멘토의 말을 듣고, 그 말을 통해 나만의 길을 만들어 나가야 한다. 멘토가 주는 조언을 무작정 따르는 것이 아니라, 그 조언을 나만의 방식으로 변형하고 적용해야 한다. 그렇게 해야만 나는 나의 길을 확실하게 걸어갈 수 있을 것이다.

제2의 정주영, 정군영 회장과
의형제를 맺다

몇 년 전 특별한 행사에 다녀왔다. 그곳은 내 인생에 있어서 평생 형님으로 모시고 있는 정군영 회장 부인의 묘소였다.

그와 사업을 일구며 평생을 함께한 아내를 허망하게 떠나보낸 정회장은 사업하느라 바쁜 와중에도 아내에 대한 그리움이 솟구칠 때마다 아내를 찾아와 일상을 이야기하거나, 아내에 대한 그리움을 핸드폰에 시로 써서 아내의 빈 자리로 인한 가슴 절절한 회한을 달래곤 했다. 그렇게 3년이 지난 어느 날 아내를 향한 그리움은 한 권의 시집이 되었고, 바로 그 날이 그 시집을 아내에게 바치는 특별한 날이었다.

정군영 회장은 초등학교를 졸업하던 열네 살에 고향 홍성을 떠나 서울로 향했다. 그는 집안 당숙이 운영하던 작은 박스 공장에서 일을 배우며 세상을 알아갔다. 어린 나이에 시작한 일이었지만, 그 속에서 인생의 가장 중요한 반려자이자 동반자인 아내를 만나 함께 두선 산업을 만들면서 인생의 방향이 정해졌다.

정군영 회장에게 아내는 삶의 중심이었다. 일터의 동료이자, 가족의 버팀목이었고, 세상과 사람을 대하는 태도를 가르쳐준 사람이었다. 그런 아내가 세상을 떠난 뒤, 그는 슬픔에만 머물러 있지 않았다. 아내의 삶을 기억하고, 그녀의 따뜻한 마음을 세상에 남기고자 '명기정 장학회'를 설립했다. 아내의 이름을 딴 이 장학회는 제도권의 보호를 받지 못하는 아이들, 즉 부모가 있다는 이유만으로 지원 대상에서 제외된 아이들에게 장학금을 지급하며 따뜻한 울타리가 되어주고 있다. 아내가 살아생전 보여준 이웃에 대한 무조건적인 사랑을, 그는 이렇게 실천하고 있다.

많은 사람들은 그를 '제2의 정주영', '리틀 정주영'이라고 부른다. 정군영 회장은 빈손으로 1000억 원이 넘는 매출을 올리는 기업을 일궜다.

두선산업의 시작은 소박했다. 1984년 광명시 하안동에서 아내의 가정 부업으로 시작됐다. 그러던 중 1989년, 정군영이 다니던 회사에서 사업을 직접 해보라는 제안을 받고 정식으로 사업자 등록을 하고 자기 회사를 만들었다. 그런데 대표는 정군영이 아닌 아내 이름으로 등록했다. 그에겐 아내와 함께라는 사실이 무엇보다 중요했다.

회사는 2000년에 법인으로 전환되었고, 2006년에는 안산시의 공

장을 매입하면서 본격적인 성장의 전환점을 맞이했다. 그 무렵, 그는
새로운 도전을 결심한다. 바로 베트남 진출이었다. 2013년, 아직 대
부분의 한국 기업들이 망설이고 있을 때 그는 베트남으로 향했다. 공
장을 세울 땅 5000평을 임대했고, 준비도 제대로 되지 않은 상태에
서 무작정 삼성의 문을 두드리기 시작했다.

　삼성에서는 그런 정군영을 경계했다. 제대로 된 공장도 없이 거래를 하겠다는 그의 말에 담당자는 많이 어이없어 했지만 정군영 회장은 포기하지 않았다. 정주영 회장이 500원짜리에 인쇄된 거북선 그림으로 외화를 빌렸다는 이야기를 떠올리며, 자신도 할 수 있다는 믿음 하나로 계속 밀어붙였다. 결국 삼성은 그를 1차 납품업체로 선정했다. 지금 두선산업의 베트남 공장은 10만여 평 규모에 현지 직원 1000여 명이 일하고 있으며, 현지에서는 '두선왕국'이라는 별칭으로 불린다. 하지만 그 화려한 왕국, 거대 자본의 꼭대기에 올라서 있는 정군영 회장은 성공에 대한 만족감 보다는 자신이 함께하지 못한 아내에 대한 미안함이 늘 그림자처럼 따라붙는다고 말한다.

정 회장은 회사를 '가족의 행복을 주는 근원'이라고 말한다. 직원 복지에도 남다르다. 감자, 쌀, 옥수수 같은 제철 농산물을 계절마다 직원들에게 선물하며, 마음을 나눈다. 그런 모습은 정주영 회장에게서 배운 것이라고 한다.

일에 관련해서는 엄격하다. 두선산업의 대표는 "직원들을 가족같이 아끼고 사랑하시지만, 일에 관련된 잘못에는 단호하게 혼을 낸다."고 말한다. 정군영 회장에게는 일에 대한 확고한 기준이 있다. 그는 모든 성과의 밑바탕에 정직과 열정, 그리고 함께했던 사람들의 노력이 있었음을 잘 알고 있다.

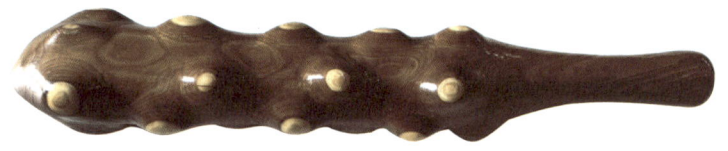

정군영 회장의 삶에서 가장 큰 흔적을 남긴 사람은 아내다. 그의 아내는 생전에 특히 아이들을 좋아했다. 장애가 있는 아이를 무릎에 앉혀 안아주고, 달래주며 남다른 사랑을 보였다. 정군영은 아내의 그 따뜻함을 이어가기 위해 '명기정 장학재단'을 만들었다. 장학금은 주로 부모가 있어도 국가의 지원을 받지 못하는 아이들에게 돌아간다.

박스 하나에서 시작된 정군영 회장의 이야기를 하다 보면 그 박스 안에는 사랑, 도전, 헌신, 그리고 가족이 담겨 있음을 느낄 수 있다.

그런 정군영 회장은 나에게 있어서 영원한 형님이다.

어느 날 나에게 도깨비방망이를 선물로 주셨다.

도깨비가 가지고 다닌다는 마법의 방망이로, 전통 설화에서 착한 사람이 도깨비방망이를 얻어서 부자가 되었다는 내용으로 유명하다.

바로 설화처럼 도깨비방망이에는 정군영 회장의 정신이 담겨 있다.

우리 두 사람은 마음으로 깊은 신뢰와 의리를 쌓으며 돈독한 형제애를 나누고 있다.

나는 집에서도 회사에서도 사회에서도 정군영 정신을 새긴다.

나에게 정군영 정신은 신작로였다.

2부

사랑, 뿌리처럼 깊게

고향과 환경,
그리고 기억에 대한 이야기

사랑으로 품어준
덕산마을

어느 모임에서 누가 이런 얘길 해줬다. 오랜만에, 그것도 몇십 년 만에 자기가 다녔던 초등학교에 가봤는데 학교가 너무 작아 보여서 깜짝 놀랐다는 것이다. 어릴 땐 운동장이 끝도 없이 넓게 느껴졌고, 복도도 엄청 길고 교실도 너무 커서 청소할 때 힘들었던 기억이 있는데, 지금 보니까 마치 마법을 부려서 축소한 것처럼 보였다는 거다. 그래서 처음엔 '리모델링했나?'라는 생각까지 들 정도였다고 한다. 생각해 보니 작아진 건 학교가 아니라 자기가 어른으로 커버렸다는 것이다. 학교는 어린이였을 때 다니던 모습 그대로인데 몇십 년이 지나 어른으로 커버린 후에 와서 보니 학교는 자기처럼 커지지 않았다는 것이다. 어찌 보면 작아진 것은 자기 눈에 보이는 세상이었단 것이다.

어릴 땐 모든 게 커 보이고, 뭐든지 신기하고 무서운 것도 많다. 근데 크고 나니까 그때 커 보이던 것들이 하나둘 작게 느껴진다. 학교가 작아 보이는 건 우리가 많이 자랐다는 뜻이다.

덕산마을에 갔을 때 이런 경험을 했다. 덕산마을은 화순 도곡면에서도 황금빛 평야가 펼쳐진 고향 마을이다.

IMF 시절 몸담고 있던 홈쇼핑 대표이사 직에서 떠나야 할 때 떠오른 것이 마을을 지키고 있는 커다란 당산나무(느티나무)였다. 덕산마을 앞, 삼효정 곁에 서 있는 당산나무는 긴 세월 동안 온갖 풍파에도 꿋꿋이 자리를 지키면서 신처럼 마을을 지키고 있다. 이곳은 누군가에게는 간절한 소원을 비는 신적 존재이지만 어린 나에게는 놀이터이기도 하고 숨바꼭질할 때 숨기 좋은 장소이기도 하고, 힘들 때 나무 곁에 앉으면 폭 감싸주기도 했던 가족 같은 존재였다. 힘든 순간 당산나무가 떠오르면서 당산나무와 함께라면 어떤 어려움도 이겨낼 수 있을 것 같았다.

배우, 개그우면과 함께 예능 프로그램인 〈기차로 화순역 편〉에서 고향인 전남 화순을 소개한 적이 있는데, 오랜만에 덕산마을을 방문하면서 이런 말을 했다.

"가을날 차를 몰고 도곡면을 가로지르는 지석천 다리를 지나 덕곡리의 넓은 황금빛 평야를 지나면 덕산마을이 보입니다. 쌀과 보리가 많이 나고 고추가 특산물이지요."

어릴 적 마을 어르신들한테 들었던 이야기들이 아직도 생생하다. 아들 없는 어느 집 며느리가 부뚜막 앞 조왕신에게 기도드리고, 정화수를 떠서 액운을 막고 아들을 점지받았다는 이야기, 새벽에 물을 뜨러 갈 때 바람 스치는 소리에도 무서웠다는 이야기, 딸만 줄줄이 낳다가 정화수를 떠서 3년을 조왕신에게 공을 들여 아들을 낳았다는 이야기는 썰이 아니라 사실이었다.

덕산마을에는 지석천을 따라 제방이 놓여 있다. 수능을 앞둔 수험생이나 취업 준비생을 자녀로 둔 부모들이 지석천을 따라 삼효정 당산나무가 있는 이곳을 사주 찾는다. 이 마을에는 충성심과 효성이 남달랐던 문씨 형제 셋의 이야기가 전해 내려오는데, 그 뜻을 기리기 위해 면암 최익현이 임금께 상소를 올려 정자를 세우고 '삼효정'이라는 이름을 직접 적어 첫 현판을 걸었다. 문씨 집안 후손이 삼효정 주변에 느티나무 세 그루를 심었는데, 이제는 숲을 이룰 정도로

자라 마을을 지키는 당산나무가 되어 있다. 그 숲길을 따라 걷다 보면 바람 사이로 전해지는 기운이 다정하고 고요하다. 마치 오래된 이야기들이 나무 그늘 아래 숨어 있다가 살며시 말을 거는 것만 같다.

삼효정에서 어린시절을 보내다 보니 정자에 담긴 뜻과 이야기들이 삶 속에 녹아들어 삶의 태도에도 조금씩 스며들었다. 정자를 세운 이유가 효행을 기리는 것이었고, 그것은 덕산마을 사람들의 삶의 바탕이 되었다. 마을 어르신들은 자주 "사람은 뿌리를 알아야 한다."고 하셨는데, 그 뿌리는 단순히 가계를 아는 것이 아니라, 조상들이 어떻게 살아왔는지, 어떤 마음으로 살아왔는지를 아는 일이라는 것은 성인이 된 후에 느끼게 되었다. 부모를 공경하고 어른을 대하고 함께 사는 사람들을 존중하는 마음, 그것이 곧 효였고, 마을은 그 정신으로 지탱되었다. 삼효정은 그런 마음의 상징이었다.

어른들은 그곳에 앉아 세월을 이야기했고, 아이들은 그 곁에서 삶을 배웠다. 누구 하나 일부러 가르치지 않아도, 자연스럽게 보고 듣고 따라 하면서, 우리 모두는 어느새 마을의 사람으로 자라났다. 정자는 늘 거기 있었고, 든든하게 모든 세대를 품어주었다.

치열한 삶을 살면서 문학적 감성을 잊지 않고 시인으로 등단하게 된 것도 삼효정에 누워 책을 읽으면서다. 나뭇가지가 흔들리는 것을 보고 바람이 분다고 한 문장을 읽으면서 눈에 보이는 것만 보이는 것이 아니라 마음으로 느껴야 보인다는 감성을 키우곤 했다.

어렸을 때 당산나무를 보면 백두산보다 크다는 생각을 하며 지냈

'기차로시즌2' 화순역 편의 한 장면

는데, 어른이 된 후 바라본 당산나무는 어린시절 느꼈던 것만큼은 크지 않았다. 그러나 여전히 높고 이리저리 뻗은 가지들은 아무 말 없이 내 마음을 보듬어 주고 있다.

열심히 살아보겠다고 객지로 나가 온갖 고생을 하며 돌아온 사람에게 덕산마을은 너른 평야 같은 마음으로 받아주고, 삼효정에 앉아 쉬게 하며, 살랑살랑 흔들리는 당산나무의 바람은 힘든 것을 잊게 하고 그저 편안한 마음으로 쉬라고 손짓하는 것만 같다.

종종 삼효정과 당산나무가 있는 덕산마을을 생각한다. 마음이 지쳐 있을 때면 특히 더 그렇다. 그곳에서 내 존재의 뿌리를 확인하고,

삶의 방향을 되새긴다.

덕산마을은 삼효정과 함께 숨 쉬었다. 마을에 무슨 일이 있든, 사람들은 그 정자에 모여 앉아 이야기했다. 기쁜 일이든 슬픈 일이든, 때로는 답답한 속마음을 털어놓을 곳이 필요할 때면, 정자는 늘 거기 있었다. 그곳에선 말이 많지 않아도 괜찮았다. 그냥 함께 앉아 있는 것만으로도 위로가 되었고, 서로가 서로에게 기댈 수 있었다. 아마도 그건, 삼효정이 단순히 효를 기리는 장소를 넘어서, 사람 사이의 관계를 이어주는 공간이었기 때문일 것이다.

지금은 삼효정을 찾는 사람들이 줄었고, 정자 주변의 풍경도 많이 달라졌다. 예전처럼 뛰어놀던 아이들도 줄고, 마을도 조용해졌다. 하지만 나는 그곳을 떠올릴 때마다 여전히 따뜻하고 생생한 느낌을 받는다.

덕산마을은 내게 시간이 멈춰 있는 장소다. 세상은 빠르게 변하고, 사람도 바뀌고, 기억조차 흐릿해지지만, 그곳만은 그대로 남아 있다. 그리고 그 중심에 삼효정이 있다. 마치 삶의 등대처럼, 내가 어디에 있든, 얼마나 멀리 떠났든, 다시 돌아갈 수 있는 마음의 방향을 알려준다.

덕산마을을 떠난 지 오래지만, 아직도 그 마을 사람처럼 살아간다. 누구에게도 고향을 자랑스럽게 이야기할 수 있고, 삼효정과 당산나무, 황금빛 들판의 이야기를 꺼낼 때면 괜히 가슴이 뭉클해진다. 아무리 바쁘고 복잡한 세상이라도, 그곳에서 배운 마음은 쉽게 잊히지 않는다. 효, 존중, 공동체, 그리고 조용한 따뜻함. 그것이 바로 삼효정, 당산나무, 너른 황금 들판이 있는 덕산마을이다.

화순은
어머니다

어릴 적 고향 화순은 나에게 세상의 전부였다. 그곳은 내가 태어나 처음으로 숨을 쉰 곳이었고, 내가 처음으로 걸음을 뗀 곳이었으며, 내가 처음으로 사랑을 배운 곳이었다. 화순은 단순한 고향이 아니다. 어머니의 품과 같았고, 나의 삶의 뿌리와 같았다. 그래서 나는 문득문득 생각한다. 화순을 입에 담으면 어머니가 함께 떠오른다.

화순은 나의 고향이다. 친구들과 들판을 뛰어다니고, 시냇가에서 물고기를 잡고, 논둑길을 따라 걷던 기억이 아직도 생생하다. 화순이라는 이름만 들어도 마음이 따뜻해지고, 그리움이 가득 밀려온다. 시간이 많이 흘렀지만 마음속의 화순은 늘 그대로다. 어릴 적 나를 품어주던 따뜻한 품, 조용히 기다려주던 넉넉한 마음, 어쩌면 그 모든 것들이 어머니와 꼭 닮았다는 생각이 든다.

계절이 바뀔 때마다 화순은 또 다른 얼굴을 보여주었다. 봄에는 온 산에 진달래와 철쭉이 피었고, 여름에는 초록 논밭 사이로 바람이 지나갔다. 가을이면 벼가 누렇게 익고 감이 익어갔으며, 겨울에는 눈 덮

인 마을이 조용하고 깨끗했다. 그런 풍경 속에서 나는 자랐다. 어머니는 늘 자연과 함께 살아가셨다. 새벽이면 밭에 나가 일을 하시고, 낮에는 마을 사람들과 품앗이도 하고, 저녁이면 가족들을 위해 밥을 지으셨다. 그 모든 순간이 자연스럽고 아름다웠다. 화순도, 어머니도,

나에게는 늘 그렇게 따뜻하고 든든한 존재였다.

　하지만 세월은 흐르고, 나는 어른이 되었다. 학업의 길보다 먹고 살기 위해 화순을 떠났고, 이후에는 치열한 경쟁 속에서 나의 세계를 만들어갔다. 도시 생활은 바빴고 정신없이 흘러갔다. 새로운 세상에서 마냥 신기하고 재미만 느낄 수는 없었다. 시간이 지날수록 치열한 삶은 지치고 외로워졌다. 복잡한 거리와 차가운 사람들 사이에서 문득문득 떠오르는 건 화순의 풍경과 어머니의 미소였다. 특히 힘들고 외로운 날이면, 어릴 적 들판에서 불던 바람 소리, 마당에서 뛰놀던 나의 모습이 떠올랐다. 그럴 때면 마음 한 켠이 저릿했다. 그리움이

라는 감정이 이렇게 아픈 것이구나, 그때 처음 알았다.

　오랜만에 화순에 내려갔다. 몇 년 만의 방문이었다. 화순은 예전보다 집이 줄었고, 시끌벅적하게 울리던 어린아이들의 웃음소리도 예전같지 않았다. 하지만 산은 그대로였고, 하늘도 여전히 푸르렀다.

　화순은 어머니처럼 나를 기다려주었다. 아무 말 없이, 소용히, 그리고 한결같이. 내가 잊고 살아도, 바빠서 오지 못해도, 변함없이 그 자리에 있었다. 내가 상처받고 지쳐 돌아왔을 때, 나를 꾸짖지 않고 안아주는 고향. 바로 어머니의 품과 같은 곳. 그곳이 화순이었다. 어머니와 화순은 닮아 있다. 나를 키워주고, 나를 지켜주고, 나를 있는 그대로 받아주는 존재. 그렇게 화순은 내 마음의 안식처가 되었다.

요즘은 시골이 점점 사라지고 있다. 젊은이들은 떠나고, 마을은 점점 조용해진다. 우리 고향도 예외는 아니다. 예전에는 마을 이곳저곳에서 아이들 웃음소리가 들렸지만, 이제는 그 소리가 그립다. 그러나 나는 믿는다. 아무리 시간이 흘러도, 그 따뜻한 마음은 사라지지 않을 거라고. 어머니가 살아 계신 한, 그리고 그 마음을 간직한 사람들이 있는 한, 화순은 계속 어머니의 모습으로 남아 있을 거라고.

나이가 들어가면서 사람들을 만나면 화순 이야기를 하게 된다. 그럴 때마다 "고향을 많이 좋아하나 봐요."라는 말을 듣는다. 맞다. 나는 고향을 사랑한다. 단지 그곳에서 자랐기 때문만은 아니다. 그곳은 나에게 사랑을 가르쳐주었고, 인내를 알려주었고, 가족의 소중함을 느끼게 해준 곳이기 때문이다. 그런 고향이, 그런 화순이 있어서 나는 언제나 다시 일어설 수 있었다.

비록 몸은 화순을 떠나 있지만 마음만은 항상 화순을 향하고 있다. 자식이 잘되기만을 기도하는 어머니가 항상 그렇듯이. 그러다 보니 자연스레 문예지에 등단할 때도 '화순아! 사랑해서 미안하다'라는 시를 쓰게 됐다.

땅거미 연기처럼
스멀스멀 올라올 때
그만 놓고 밥 먹어라!

정겨운 어머니 목소리가 들리는 곳

화순은 어머니다. 나를 낳고 길러준 땅, 사랑으로 나를 감싸준 고향, 언제나 돌아가고 싶은 품. 그 마음을 안고 오늘도 나는 살아간다. 때로는 멀리 있어도, 마음만은 늘 그곳에 머문다. 마치 어머니의 마음이 자식 곁을 떠나지 않듯이, 나의 마음도 언제나 화순에 있다. 그렇게 화순은 오늘도 내 안에서 조용히 숨 쉬고 있다.

고향을 찾아
떠난 여행

코로나19가 터졌을 때 대부분의 전염병이 그렇듯 지독한 감기이고 오래 걸리지 않아 사라질 줄 알았다. 그러나 몇 년 동안 계속되면서 사람들의 생활상도 조금씩 변화하기 시작했다. 감기에 걸려도 감기 쯤이야 하면서 마스크를 쓰지 않던 사람들이 이제는 일상적으로 마스크를 쓰게 되었고, 마스크를 썼다고 해서 이상하게 보지도 않는다. 특히 코로나19가 길어지면서 집에서 보내는 시간이 많아졌고, 디지털 문화를 대표하는 젊은층들이 디지털 문화보다 아날로그 감성에 눈을 돌리면서 레트로 문화가 만들어지기 시작했다.

이런 현상은 여행 방식에도 변화가 나타났다. 여행이라 하면 외국 여행, 유명한 관광지 등을 떠올렸다면, 요즘은 '나를 돌아보는 여행',

'내가 태어난 곳으로 가는 여행'을 선택하는 사람들이 늘었다. 그러다 보니 레트로의 감성이 있는 시골길을 걷는 여행을 떠나기도 하고 고향을 찾기도 한다.

고향은 누구에게나 마음속 깊이 자리한 특별한 공간이다. 바쁘고 복잡한 일상 속에서 멀리 잊고 살다가, 전염병이 전 세계로 유행하는 팬데믹처럼 모든 것이 멈춘 순간이 오면, 사람들은 언제 그랬냐는 듯이 자연스레 소중한 것이 무엇인지 다시 생각하게 된다. 그중 하나가 바로 고향이다.

고향으로 가는 여행은 화려하지 않다. 비싼 호텔도 없고, 유명한 맛집도 없을 수 있다. 하지만 어린 시절의 기억이 남아 있는 동네 골목길, 익숙한 냄새가 나는 밥상, 어린 시절 친구들과 뛰어놀던 학교, 이런 것들이 사람들의 마음을 따뜻하게 채워준다. 팬데믹 동안 사람들과의 거리 두기가 확산되고 이 기간이 길어지면서 가족 모임, 동창회 등 온갖 모임들이 줄줄이 취소되고 가족을 자주 만나지 못하는 시간이 늘어났다. 그러나 백신이 만들어지고 공급되면서 엄중했던 팬데믹도 누구러지고 방역이 조금씩 완화되자마자 고향으로 향하는 발걸음이 자연스레 늘어나기 시작했다.

고향의 시골 마을이나 작은 도시들은 사람들로 북적이는 유명 관광지와 다르게 조용하고 한적하다. 코로나19 이후 이런 조용한 장소들이 오히려 더 매력적으로 다가온다. 도시의 붐비는 카페보다, 고향의 오래된 정자에서 마시는 차 한 잔이 더 위로가 되는 것이다.

고향을 찾는 여행은 관광지랑은 다르다. 누가 안내해 주지 않아도, 길 하나, 나무 하나가 추억을 꺼내준다. 할머니 댁 마당에 피어 있던 꽃, 아침마다 들려오던 닭 우는 소리, 동네슈퍼에서 사 먹던 아이스크림 하나까지도 생각난다.

한국관광공사가 발표한 자료에 따르면, 2020년 이후 국내 여행 중 '고향 방문' 목적의 여행이 꾸준히 증가했다. 전체 국내 여행의 약 23%가 고향 또는 가족 방문을 목적으로 한 것으로 나타났는데, 이는 코로나19 이전보다 약 5% 이상 상승한 수치다. 또한 기차나 고속버스 대신 자가용을 이용한 고향 방문이 많아졌는데, 이는 사람들과의 접촉을 줄이기 위한 선택이다.

여행이 다양해지고 있는 요즘은 외국의 유명한 관광지를 찾는 것도 즐겁지만 어린 시절 뛰놀던 동네 놀이터를 찾기도 하고, 눈길 한 번 안 주던 마을 버스 정류장에서 마음의 안정을 찾기도 한다.

조선시대 때는 한양에서 너무 멀고 오지라 여겨 유배지로 쓰였던 화순이 이제는 자연을 고스란히 느끼고, 마음이 편안해지고, 머리가 맑아지는 곳으로 찾고 있다. 화순에는 '너릿재 옛길'이라는 산길이 있다. 옛날에 광주와 화순을 오갈 때 꼭 지나야 했던 길인데, 조선시대에는 학자들이 유배 가는 길이었고, 지금은 도시 사람들이 힐링하러 오는 길이 됐다.

화순에 가면 도시에서 맡을 수 없는 풀냄새, 나무냄새, 흙냄새가 진하게 느껴진다. 굳이 멀리 해외여행 가지 않아도 화순에 오면 마음이 편안해지고 머리가 맑아진다. 산책하다 보면 아무 말 없이 걷는 것만으로도 기분이 좋아진다. 세량제 같은 곳은 사진 찍기 딱 좋은 포인트다. 봄이면 물안개 피고, 가을엔 단풍이 물들어서 꼭 동화 속 숲속으로 들어온 것 같다.

화순처럼 조용하고 사람 많지 않은 고향으로 여행을 떠나기를 권한다. 북적북적하지 않아서 좋고, 뭔가 특별한 걸 하지 않아도 괜찮다. 그냥 앉아서 하늘 보고, 둑길 따라 산책하고, 장터에 가서 쪼그리고 앉아 할머니와 주거니 받거니 이야기 나누고. 그런 단순하지만 소중한 일상이 간절하다면 고향을 찾아 여행을 떠나보자.

이런 작은 변화들이 모여, 새로운 여행의 의미를 만들어내고 있다.

앞으로는 좋은 여행 하면 유명한 해외여행이나 유명한 관광지와 함께 조용한 고향 같은 곳을 떠올리게 될지도 모른다.

화순적벽에서
마음을 쉬게 하다

'적벽' 하면 삼국지에 나오는 적벽대전이 떠오른다. 유비, 관우, 장비의 도원결의가 유명한 삼국지에는 전투가 많이 나오는데, 특히 손권과 유비가 힘을 합쳐 조조에 대항하기 위해 양자강 적벽에서 벌인 큰 전투가 유명하다. 바로 적벽대전이다. 그러나 중국 여행을 가보면 적벽의 실제 모습보다 적벽대전 영화를 촬영하던 장소가 더 알려져 있다.

전남 화순에 가면 중국 적벽 못지 않은 절경을 자랑하는 적벽이 있다. 이서면 창랑리, 보산리, 장항리 일대 7km에 걸쳐 있는 붉은 절벽을 화순적벽이라 부른다. 화순적벽에는 장소에 따라 노루목적벽, 보산적벽, 창랑적벽, 물염적벽이라고 부르는데 이를 모두 합쳐 화순적벽이라고 한다.

조선 중종 때 이곳으로 유배를 온 신재 최산두가 깎아지른 듯한 절벽을 보고 중국의 적벽 못지 않게 아름답다고 해서 이름을 붙였다. 그 이후 내노라하는 선비들과 학자들이 이곳을 찾아 글을 남겼고, 방랑시인 김삿갓으로 유명한 김병연도 이곳을 자주 찾을 정도로 화순적벽은 모든 이들에게 사랑받는 곳이다.

상수원보호구역으로 지정되고 동복댐이 건설되면서 사람들이 자유로이 출입할 수 없게 되었다. 30년이 흐른 지금 적벽 중 일부는 아무 때나 쉽게 만날 수 있지만 노루목적벽과 보산적벽은 적벽투어를 통해서만 만나볼 수 있다. 30년 동안 사람의 발길이 거의 닿지 않았으니 사람의 손을 타지 않은 자연의 모습이 고스란히 남은 것이다.

그 옛날부터 사람들의 마음을 사로잡았던 화순적벽은 이제 서민들의 마음 쉼터이고 더위를 잊게 해줄 피서지이다.

전망대에서 깊은 강 건너 적벽을 바라보는 순간 켜켜이 조각하듯 광활하게 펼쳐진 절벽의 아름다움에 숨이 멎는 기분을 느끼게 된다. 적벽을 바라보고 있으면 마치 시간이 멈춘 듯한 느낌을 주는 곳이라 많은 사람들이 찾기도 한다.

일상에 쫓겨 정신없이 달려온 자신을 위해 잠시 멈춤을 선물하는 시간이다. 깊은 강은 유유히 흐르고 눈앞에 병풍처럼 펼쳐진 기암절벽을 보고 깊은 숨을 들이켜보자. 그 순간, 마음속의 복잡한 생각들이 하나둘 사라지는 느낌을 받을 것이다.

현대인들은 대부분 정신없이 살아간다. 일에 쫓겨 자신을 돌볼 시간이 없다. 정신 없이 하루를 살고 일주일을 지나다 보면, "나는 지금 잘 살고 있는 걸까?"라는 질문을 스스로에게 던지게 된다.

한국 직장인들은 일주일에 평균 44.6시간을 일한다고 한다. OECD 평균보다 훨씬 높은 수치다. 죽어라 일만 하는 것 같은데 마음은 편하지 않고 왜 이렇게 불안할까? 직장인들 중에 공황장애 진단을 받

은 사람들이 늘고 있고, 불면증 약을 찾는 사람들도 많아졌다. 내가 예민해서 특별해서 일어나는 일이 아니다. 누구에게나 일어날 수 있는 일이다.

이것은 마음이 주는 경고다. 아프면 약을 먹고 치료를 받아야 한다. 마음이 주는 경고는 쉬라는 치료를 받아야 치유된다.

많은 사람들이 쉬지 못하는 사회를 살아가고 있다. 휴일에도 일 생

각을 놓지 못하고, 누워서도 휴대폰으로 메일을 확인한다. 몸은 누웠지만 마음은 열심히 일하는 중이다. 쉴 줄을 모르고 쉬는 법을 잊었다. 누군가는 쉬는 것을 죄책감으로 여기기까지 한다. '이렇게 쉬어도 되나?'라는 질문이 머리를 떠나지 않는다.

한 연구에 의하면 직장인 10명 중 4명이 우울감을 경험하고 있으며, 그중 상당수가 이를 심각하게 느끼고 있다고 한다. 또한 스트레스 수준이 높아질수록 면역력도 저하되어 질병에 취약해진다는 연구 결과도 있다.

마음이 아프면 머지 않아 몸이 망가진다. 눈은 퀭하고, 푹 잠을 잔 지가 언제인지 모르겠고, 가슴이 답답한 일이 자주 생긴다. 정신이 지치면 삶 전체가 흐려진다. 마음이 경고를 보내면 잠시라도 멈춰서서 숨을 고르고 자신을 들여다볼 필요가 있다.

쉼은 사치가 아니라 생존이다. 기침 나면 약국을 찾아 감기약을 먹듯이, 지치고 힘들면 잠깐이라도 쉬자. 가까이 산책을 나가자. 동네 한 바퀴를 돌아도 좋고 좀 멀리 걸어도 좋다. 때로는 짧은 시간이라도 낮잠을 자보자. 한 걸음 더 나아가 여행을 떠나보는 것도 좋다.

일상을 벗어나 만난 화순적벽에서의 시간은 큰 위로가 될 것이다. 세상의 크고 작은 일들에 얽매이지 않고, 그저 흐르는 물결처럼 마음을 놓아보자.

이러한 경험은 단순한 여행이 아니다. 마음의 피로를 풀고, 다시 일상으로 돌아갈 힘을 얻는 시간이다. 현대인들에게 필요한 것은 멈춤이다. 잠시 일상에서 벗어나 자연과 함께하는 시간을 통해, 내면의 소리에 귀 기울이고, 진정한 나를 만나는 것이다.

바쁜 일상 속에서도 '나'를 잃지 않는 법, 그것이 이 시대를 살아가는 우리에게 가장 필요한 지혜다.

자연은 나의
첫 선생

지구가 점점 뜨거워지고 있다. 사계절이 뚜렷한 우리나라는 이제 여름이 길어지고 더워지는 것을 온몸으로 느낀다. 해마다 반복되는 산불은 뉴스의 단골 이슈가 되었다. 특히 지난 3월 경상도에서 일어난 산불은 우리나라 역사상 가장 큰 피해를 남겼다. 시작은 작고 별것 아닌 불씨였겠지만, 뜨겁고 메마른 날씨, 강한 바람이 더해지자 걷잡을 수 없이 퍼져나갔다. 그렇게 시뻘건 불길은 산을 넘나들며 하나씩 하나씩 산을 집어삼켰고, 수십 년 동안 쌓아온 숲의 생명이 한순간에 사라졌다.

자연은 말을 하지 않는다. 하지만 그 침묵 속에서 우리는 분명한 메시지를 듣는다. 그건 분명 경고다. 지금 우리가 사는 방식이 잘못

되었다는 간절하고 조용하지만 절박한 외침이다.

어린 시절을 생각하면 마음이 따뜻해지는 기억이 있다. 바로 자연 속에서 보낸 시간들이다. 산을 오르고, 들판에 앉아 강을 바라보며 둑길을 따라 걸으면서 시간가는 줄 모르던 시절이었다. 특별한 장난 감이 없어도 당산나무 주위를 맴돌며 숨바꼭질도 하고, 코끝을 스치는 꽃냄새와 더운 여름날 시원한 한줄기 바람, 그리고 수많은 들꽃들이 모두 친한 친구였다. 자연은 말은 하지 않지만, 그 속에서 마음이 차분해졌고 불안했던 감정이 가라앉았다. 눈물이 날 때는 바람이 얼굴을 쓰다듬어 주었고, 외로울 때 당산나무는 아무 말 없이 곁을 내어주어 든든했다.

자연은 그렇게 말 없는 스승이 되었다. 마치 담임선생님이 "힘들었지, 애썼다.", "너는 멋진 애야. 아주 잘하고 있어."라고 말하듯이 자연은 온몸으로 메시지를 전해주었다. 나무가 천천히 자라듯, 나도 그렇게 조금씩 성장할 수 있었다. 어릴 적 자연과 보낸 시간 덕분에 힘든 순간순간마다 무너지지 않고 버틸 수 있었던 것 같다.

자연과의 교감은 번잡한 도시생활을 할 때 더욱 중요하다. 도시는 늘 바쁘고 시끄럽다. 사람들은 앞만 보고 달리느라 자기 자신조차도 돌아보지 못한 채 정신 없이 살아간다. 경쟁과 스트레스 속에 지치고 병들어가는 사람들이 너무 많다. 일에 치이고, 인간관계에 지치고, 가끔은 내가 지금 어디에 있고 어디로 가는지도 모를 정도로 혼란스럽기도 하다. 그럴 때마다 자연을 찾아 숲길을 걷고 하늘을 바라보며 천천히 숨을 쉬면, 다시 마음을 정리하고 에너지를 얻을 수 있다.

'힐링'이라는 말은 이제 흔한 유행어처럼 쓰이지만, 힐링은 단순히 쉰다는 뜻이 아니다. 마음의 상처를 치유하고 다시 살아갈 힘을 얻는 과정이다. 힐링하기 가장 좋은 방법은 바로 자연이다. 숲속에서 시간을 보내다 보면 면역력이 향상되고, 스트레스가 줄어들며, 혈압이 안정되고, 심리적으로 안정을 하는 데에 도움이 된다는 연구 결과가 나오면서 산림욕이 주목받기도 했다.

나무 사이로 걷다 보면 머릿속이 맑아지고, 강물 소리를 듣다 보면 쌓였던 감정이 풀린다. 자연 속에서 욕심을 내려놓고, 자신을 있

는 그대로 바라볼 수 있다. 남들과 경쟁하거나 비교하지 않고, 자신만의 속도로 살아가는 법을 배울 수 있다.

자연은 절대 서두르지 않는다. 꽃은 제 계절이 되어야 피고, 나무는 기나긴 세월이 지나야 아름드리 나무로 자란다. 그런 자연을 보면서 조금씩 느긋해지고, 조급함에서 벗어날 수 있게 된다. 자연은 그렇게 마음을 다듬어주는 조용하지만 든든한 선생님이다.

요즘 같은 세상에서는 누구나 자연이 필요하다. 하지만 많은 사람들이 그것을 잊고 산다. 도시의 삶은 편리하지만, 마음의 균형을 깨뜨리기 쉽다. 사람들 사이에서 지친 마음을 회복하려면 자연과의 만남이 필요하다. 산책이나 등산, 정원 가꾸기처럼 작고 단순한 일도 좋은 시작이 될 수 있다. 그렇게 자연과 가까워지면, 삶의 무게가 조금은 가벼워진다.

자연은 삶의 본질인 겸손함, 인내, 기다림의 가치 등을 가르쳐준다. 사회 활동을 하며 많은 사람들을 만나고, 기부 활동이나 지역 사회를 위한 일에도 참여하는 삶 속에서도 여전히 자연을 가까이 두려고 노력한다. 자연에서 배운 가치를 사람들과 나누고 싶다.

돌아보면 자연은 가장 힘들었던 시절에 기꺼이 곁을 내어준 유일한 친구이자, 아무 조건 없이 나를 품어준 첫 번째 스승이다. 그 스승은 지금도 변함없이 거기 있다. 바람이 불고, 나무가 자라고, 강이 흐르는 그곳에서 여전히 묵묵히 자리를 지키고 있다.

닭장떡국에 담긴
어머니의 사랑

눈이 올 듯 말 듯한 흐린 겨울날이면 괜히 마음이 뭉클해진다. 차가운 공기를 가르며 고향 냄새가 문득 그리워지면서 속을 따뜻하게 채워주는 음식이 생각난다.

화순 닭장떡국.

어릴 적부터 먹어온 익숙한 맛이지만, 언제나 처음처럼 새롭고 반가운 음식이다. 어머니는 이 떡국을 "닭으로 우려낸 밥"이라고 표현했다. 말 그대로 배를 채우는 음식이면서도 마음을 데워주는 음식. 나에게 닭장떡국은 어머니였다.

화순은 전라남도 남쪽에 있는 조용한 고장이다. 높은 산과 짙은 안개, 기름진 들판이 어우러진 그곳에서 자라면서 계절 따라 그에 맞는 음식을 먹는 즐거움은 각별하다. 여름이면 상큼한 물김치와 오이소박이가 소반 위에 오르고, 겨울이면 뜨끈한 국물이 밥상 위에 오른다. 설날이 되면 화순에는 닭장떡국 먹는 풍습이 있다. 남도의 향토 음식인 닭장떡국은 닭고기장조림으로 떡국을 끓인 것을 말한다. 소고기나 사골 육수로 끓여내는 요즘 떡국보다 훨씬 오래전부터 먹어온 음식이다. 전라도에서는 닭을 간장에 조린 것을 '닭장'이라고 한다. 이런 닭장으로 국물을 내서 떡국을 넣고 끓여 먹는 닭장떡국이 향토 음식으로 자리 잡은 것이다. 보릿고개가 일상인 시절 평소에는 먹기 힘든 닭이지만 설날만큼은 닭장떡국 한 그릇이 온 가족을 따뜻하고 행복한 시간으로 만들기에 충분하다. 심지어 닭장떡국은 한 달 내내 먹기도 한다. 그 어려운 시절에도 설날만큼은 여유를 부려 떡국을 넉넉히 만들곤 한다. 살림이 풍부해서라기보다 떡국과 닭고기장조림인 닭장만 있으면 한 달 내내 온 가족이 먹을 수 있기 때문이다.

화순이 내륙인데다 가난하고 어려운 시절 음식을 오래 두고 먹기 위한 조리법을 찾아낸 것이 바로 닭장떡국이고 이 음식은 이제 화순의 대표적인 먹거리로 알려져 있다. 화려하지 않고 투박한 맛이지만 온 가족을 살리는 깊은 맛이다.

예능 프로그램에서 화순의 닭장떡국이 소개된 적이 있었다. 인기 개그맨이 화순을 찾아 어르신들 앞에서 닭장떡국을 먹고 감탄을 터뜨렸다.

"이거, 그냥 떡국이 아니네요. 집밥의 끝판왕이네요."

웃음을 이끌어내려는 멘트였겠지만, 그 말은 진심처럼 들렸다. 방송은 그날 이후 꽤 화제가 되었고, 사람들은 닭장떡국을 먹으러 일부러 화순까지 내려오기도 하였다. 하지만 카메라에 잡히지 않은 진짜 맛은 그 그릇을 내어주는 사람의 손끝에 있었다.

'문기주 작가와 함께하는 화순투어' 프로그램에서 화순 랜선여행을 할 때 '닭장떡국'을 소개하였다. 화순의 가정식 백반에 오르는 음식으로 닭장떡국과 홍어가 있다. 내륙인 화순에서 홍어가 나지 않는다. 그런데 어찌 홍어가 화순의 가정식 백반이 되었을까.

홍어는 어려운 시절 화순 사람들의 지혜로 탄생한 음식문화 중 하나다. 바다에서 홍어를 잡아 내륙으로 이동하는 동안 상해버렸는데, 너무 배가 고파서 상한 줄 알면서도 홍어를 먹을 수밖에 없었다. 당연히 배탈이 날 줄 알았는데 배탈이 나지 않아서 알아보니 홍어가 발효된 것이었다. 이제는 꿈꿈한 냄새를 알면서도 찾게 되는 홍어지만 그 옛날 우리 조상들의 지혜로 만들어진 음식이라 생각된다.

이제는 고향에 가면 설날이 아니어도 닭장떡국을 먹을 수 있다. 도곡온천 근처에서 홍어와 닭장떡국으로 화순의 가정식 백반을 먹으면서 어려운 시절 가족을 따뜻하고 깊은 사랑으로 감싸준 어머니의 사랑을 느끼게 된다.

닭장떡국은 단순히 음식이 아니다. 어린 시절의 기억이고, 사랑을 건네는 방식이며, 아무 말 없이도 서로의 마음을 나누는 도구였다. 닭장떡국을 먹으며 가족과 함께 웃고, 어머니의 등을 바라보며 자랐다.

닭장떡국은 다시 끓여도, 다시 먹어도, 어김없이 어머니를 떠오르게 한다. 그 따뜻하고 묵직한 국물처럼, 어머니의 사랑은 늘 나를 감싸고 있다. 설날이 아니어도 좋다. 비가 오든, 바람이 불든, 마음이 서운한 날에도 좋다. 그 그릇을 앞에 두면 언제나 어머니가 곁에 있는 듯하다. 이제 나는 그 맛을 잊지 않기 위해, 아이들에게도 똑같은 사랑의 맛을 물려주려 한다. 삶이란 결국 그런 것이다. 말을 아끼고, 정성을 더하며, 조용히 밥상을 차리는 일. 그 모든 걸 나는 닭장떡국에서 배웠다.

화순만의 산책로,
지석강에서 힐링하기

요즘은 어디든 걷기만 해도 물건을 사거나 돈으로 환산할 수 있는 포인트를 준다. 지자체에서 시민들의 건강을 지키겠다고 다양한 아이디어를 내고 있다. 그중 하나는 걷기만 해도 포인트를 주는 것인데, 간단한 걷기 활동에 포인트 같은 보상을 줌으로써 사람들이 자연스럽게 운동을 실천하게 하고 건강한 삶을 살도록 하는 것이다.

걷는 것만으로도 건강에 도움이 된다는 사실을 모르는 사람은 없다. 뭐가 문제인지 알면서도 실행을 못 한다는 거다. 하루하루 살아가는 게 전쟁인데 운동할 시간, 마음의 여유 따위는 뒷전으로 밀린다. 그렇게 계속 바쁘게만 살다 보면 어느새 몸은 무겁고, 피곤함은 쌓여간다.

휴가 때가 되면 이때만이라도 몸도 쉬고, 피곤함도 내려놓고 싶다.

사람도 많지 않고 자연 속에서 산책하듯 걸으면서 자신을 돌아볼 여유를 갖고 싶은 많은 사람들에게 사랑받는 여행 코스가 바로 유럽의 순례길이다. 치열하게 살아온 문명 생활을 떠나 일주일 동안 순례자들이 걸었던 길을 걷는 여행을 찾게 되는 것이다. 종교적 의미로 시작된 순례길은 이제는 종교를 뛰어넘어 다양한 이유로 사람들이 찾고 있다. 수백 킬로미터를 오직 두 다리로 걸으며 들판과 산을 지나다 보면 가끔씩 만나는 낯선 이들이 너무 반가워 인사를 나누고, 또다시 혼자가 되는 이 시간은 단순한 여행이나 운동이 아니라, 일종의 통과의례가 되었다.

이런 통과의례를 가까이에서 하고 싶다는 생각은 주변을 살피게 되고, 산길을 따라 걷기도 하고 강변을 찾아 걷기도 하였다. 같은 마음을 가진 사람들이 함께하면서 둘레길이 곳곳에 생겨났다.

사계절 내내 옷을 갈아입듯 풍경이 바뀌는 산책길, 언제 찾아가도 좋은 곳이 화순의 지석강이다. 화학산에서 시작해 53.5km를 굽이굽이 흘러가는 이 강은 여러 물길과 만나 결국 영산강으로 이어진다. 강이 흐르는 길목마다 넓은 들판이 펼쳐져 있고, 화순의 대표 농산물인 쌀도 이 강물을 먹고 자란다.

지석강에는 옛 전설이 하나 전해진다. 예전에 '드들'이라는 효성이 지극한 처녀를 제물로 삼은 후에 제방을 무사히 쌓을 수 있었다고 해서 사람들은 이 강을 '드들강'이라고 부르기도 한다. 지역 이름을 따서 능주천이나 지석천이라는 이름도 있다.

화순의 지석강 산책로를 따라 걷다 보면, 마음도 차분해지고, 발걸음도 자연스럽게 느려진다.

산책로를 따라 걷기 시작하면, 처음 만나는 건 맑고 깨끗한 강물이다. 물은 부드럽게 흐르며, 그 소리는 마치 속삭이듯 들린다. 강가를 따라 나무들이 늘어선 길은 계절마다 옷을 바꿔입으며 변화하는 풍경을 보여준다. 봄에는 끝없이 이어진 벚꽃길이 펼쳐져 있고, 여름에는 푸른 나뭇잎들이 그늘을 만들어 시원한 휴식을 준다. 가을에는 자연이 만들어낼 수 있는 온갖 색깔의 단풍이 빼곡하고, 겨울에는 고요함 속에서 차분히 걸을 수 있다.

이 산책로는 특별한 목적 없이 그냥 걷기만 해도 좋다. 어떤 목표도 없이, 그저 발걸음을 옮기면 어느새 마음이 편안해지고, 자연과 하나 되는 느낌을 받을 수 있다. 바쁜 일상에서 벗어나 이곳을 찾으면, 그 속에서 평온을 찾을 수 있다. 지석강은 그저 물이 흐르는 강이지만, 이곳에선 그 흐름 속에서 삶의 여유를 느끼고, 고요한 평화를 얻을 수 있다.

시끄러운 도시를 벗어나고 싶을 때, 머릿속이 복잡할 때, 누군가와 나란히 말없이 걷고 싶을 때 가면 좋은 곳이다. 치열했던 도시의 피곤함이나 머릿속의 복잡한 생각들이 천천히 씻겨 내려가는 이 산책로의 진짜 매력은 바로 그런 치유의 힘이다.

산책은 단순한 운동일 수 있지만, 지석강을 걷는 것은 운동 그 이상이다. 가볍게 걸으면서 마음도 가벼워지고, 자연을 눈에 담고, 자연의 소리를 듣는다. 휴대폰을 잠시 꺼두고 걸으면 더 좋다. 치열한 세상 속에서 잠깐만이라도 멈추어 설 수 있는 곳, 그게 바로 이 산책로의 진짜 가치다. 한적한 길에서 소중한 휴식을 찾을 수 있고, 강물 따라 걷는 길에서 자신과의 대화도 나누고 위로를 받는다.

산책은 계획을 세우지 않아도 된다. 무리하게 걷지 않고 걷다가 힘들면 어디서든 멈춰도 된다. 정해진 코스가 있는 것도 아니고, 어느 누구도 재촉하지도 않는다. 그저 자연이 안내하는 대로 걷다 보면, 어느새 마음이 편해져 있다. 그게 바로 지석강만의 매력이다. 알고 나면 다시 걷고 싶어지는 길. 가끔은 그런 길이 인생에 더 필요하다.

운주사 와불은
언제 일어날까

　운주사를 처음 방문한 사람들은 눈앞에 펼쳐진 돌탑들의 모습과 커다란 바위 불상 앞에서 한참을 멈춰서게 된다. 항아리 모양을 닮은 돌탑과 호떡 모양의 둥근 판을 켜켜이 올려놓은 호떡탑 등을 보면 그동안 보아온 탑과는 많이 다른 모습이다.

　'무슨 탑이 이렇게 생겼지?'

　'그래도 탑인데 너무 정성이 안 들어간 것 아니야?'

　이런 생각을 속으로 하다가 백성들의 삶을 생각하면서 보게 되면 어찌 그리 정감이 가는지, 정교하게 생긴 탑들과 달리 계속 보게 되고, 왠지 더 친숙해지고 호떡탑, 항아리탑이라는 별명도 친근하게 다가온다.

　산길을 올라 너른 바위를 맞닥뜨린 순간, 커다란 바위 위에 누운 부처님이 새겨져 있다. 팔을 괴지도 않고, 웃지도 않고, 그냥 반듯하게 누운 모습의 부처님과 그 곁에서 옆으로 누워 있는 모습의 부처님이다. 조각이라고 말하기엔 너무 크고, 불상이라고 하기엔 어딘가 덜 완성된 것 같고, 그렇다고 미완이라 하기엔 이미 그 자체로 충분한 기품이 있다. 와불을 보는 순간 이런 생각이 든다.

'이 부처님은 왜 아직도 누워 계실까?'

개그맨들이 해외여행을 다니면서 게임을 하는 TV 프로그램에서 태국 여행을 간 적이 있다. 왓 포 사원에서 와불을 만나는 장면이 나왔는데 어찌나 큰지 그 모습을 사진 한 장에 다 담을 수 없을 정도다.

"와! 부처님이 누워 있네. 편하겠다."

부처님이 한쪽 팔을 괴고 누워 있으니 보는 사람에게 편한 자세로 보인다. 왜 부처님은 누워 계실까? 사실 그 모습은 석가모니가 마지막 숨을 내쉬던 열반의 순간을 담은 것이다. 괴로움을 내려놓고 오른쪽으로 몸을 돌려 마지막 안식을 취하는 순간으로, 열반상은 단순히 '편히 누운 모습'이 아니라, 모든 것을 초월한 깨달음의 끝자락이다.

바위 위에 반듯하게 누워 있는 거대한 부처님과 그 부처님 곁에서 마치 바라보듯 옆으로 누워 있는 또 다른 부처님, 이 둘의 조합은 마치 마무리를 다 하지 못한 삶을 보여주는 것 같고 미완성된 이야기 같다. 무엇을 하려다가 멈춘 듯한, 어딘가 미완의 모습으로 느껴진다. 이 와불은 완성되지 못한 채 누워 있고, 그래서 와불을 마주한 사람들은 언젠가는 부처님이 일어날 거라 믿는다.

이러다 보니 운주사에는 특별한 이야기들이 전해져 온다.

도선대사가 하늘에서 석공을 불러 하룻밤 안에 불상과 불탑을 각 천 개씩 만들도록 했는데, 온갖 정성을 다해 불탑과 불상을 만들던 석공이 드디어 와불을 만들기 시작했다. 그때 도선국사 밑에서 이것 저것 시중을 들던 동자승이 일하기 싫어서 닭 우는 소리를 내고 말았다. 석공은 날이 밝는다고 생각해서 완성하지 못한 채 하늘로 돌아가 버렸다.

미완의 상태는 이곳을 찾는 사람들에게 항상 그리움과 희망을 품게 한다. 석공이 만들려고 했던 천불천탑을 생각하면 이 마음은 더욱 간절해진다. 이곳에 탑과 불상이 천 개가 있어야 하는데, 아무리 찾

아봐도 천 개가 안 되니까, '이곳에 있는 탑과 불상이 모두 완성되면, 그때서야 와불도 일어난다'는 희망을 담게 되는 것이다.

화순 운주사의 전설을 바탕으로 만든 '얼씨구나 벌떡 와불와불'이라는 뮤지컬이 공연된 적이 있다. 운주사에서 일어날 희망찬 미래를 이야기한다. '와불이 일어날 때, 그때 세상은 달라질 것이다'라는 믿음을 사람들은 계속 간직하고 있다. 와불은 사람에게 희망과 평화를 가져다줄 것이라고 믿고 있다. 사람들은 그날을 기다리며, 마음속에서 계속해서 "와불, 와불."을 외친다. 그리고 와불이 벌떡 일어나는 그때가 오면, 세상은 더 좋은 곳으로 변할 거라는 희망을 품는다.

운주사의 와불 앞에서 사람들은 소원을 빈다. 누군가는 아픈 가족이 낫기를 빌 것이고, 누군가는 올해는 원하는 곳에 취직할 수 있기를 빌 것이고, 누군가는 이번 시험에 합격하기를 빌 것이고, 누군가는 이 나라의 평화를 기원할 것이고, 누군가는 그저 건강하고 마음이 평안해지기를 빌 것이다.

와불이 누워 있기에 우리는 계속 희망을 갖고 최선을 다해 노력하고 그곳을 향해 나아가고 있다. 와불이 계속 누워 있어도 소원을 빈 우리는 그 소원을 이루기 위해 노력할 것이다.

그래서 오늘도 희망을 품고 살아가고 있다. 운주사에서 전해지는 이야기처럼, 그 희망은 언제나 우리 곁에 있으며, 그 희망이 우리를 더 나은 내일로 이끌어줄 것이다.

시간이 멈춘 곳,
아버지

아버지라는 존재는 누구에게나 특별하다. 아버지는 단순히 부모님 중 한 명 이상의 의미를 갖는다. 어린 시절 자식들에게 아버지는 세상의 모든 것을 아는 존재와 같다. 아버지가 하는 말, 아버지가 하는 행동은 자식에게 큰 영향을 미친다. 아버지가 해주던 말 한 마디, 그 행동 하나가 자식의 삶에 깊은 영향을 준다. 자식은 아버지의 모습을 보며 많은 것을 배우고, 그 배운 것들이 자식의 삶을 만들어간다.

그러나 어린 나이에 아버지가 곁을 떠난 그 순간부터 내 삶은 그 자리를 채울 수 없었다. 가족을 잃는 것은 개인뿐만 아니라 가족 모두에게 상실감을 넘어 허허벌판에 서 있게 한다. 그저 시간이 지나면 자연스레 치유되거나 해결되는 것이 아니라, 아픔을 품고 살아가는 법을 배우게 된다.

가끔은 아버지를 떠올려 보려 애써본다. 아버지가 해주던 말이나 행동을 기억하는 것은 거의 불가능하다. 아버지가 그 자리에 있었다면 어떤 말을 해줬을지, 어떤 길을 걸어갔을지 항상 궁금하다. 아버지라는 존재는 삶에서 점점 더 중요한 의미를 갖게 되고, 그 공백은 성장하면서 계속해서 더 크게 느껴진다.

누가 말하지 않아도 경제적인 문제를 해결하기 위해 자연스럽게 경제에 대해 생각하게 되었다. 누구에게 배운 것도 아니었고, 책을 읽으며 공부한 것도 아니다. 생활 속에서 하나하나 터득한 경제 관념이

삶을 지탱해 주었다. '오늘 벌어서 내일을 살아야 한다.'는 단순한 진리가 삶의 기본이 되고 중심이 되었다. 돈을 벌고 모으며 내일을 준비하는 일이 삶의 중요한 일상이 되었다.

단순히 먹고 살기 위해 돈을 벌 때는 생계 유지가 목적이다. 그러나 돈을 버는 일이 단순한 생계 유지의 차원을 넘어서는 순간, 앞으로의 삶을 어떻게 살아갈지에 대한 중요한 방법론이 된다. 그럴 때 아버지가 계셨다면 어떤 조언을 해줬을까 하는 생각이 끊임없이 든다. 함께 세상 돌아가는 이야기도 나누고, 지금 가려고 하는 이 길이 맞는지 어떤 격려와 채찍질을 해줬을지, 어떤 가치관을 심어줬을지 궁금하다.

앞만 보고 달리다가 어느 순간, 아버지의 빈자리는 아무리 경제적 성공을 이루어도 쉽게 채워지지 않는다는 사실을 깨닫게 되었다. TV에서 부자가 선술집에서 막걸리 한 잔 나누며 애썼다고 아버지가 아들의 등을 툭툭 두드려주는 장면이라도 나올라치면 가슴 한 구석에서 뜨거운 것이 솟곤 한다.

아버지가 있었으면 좋았을 것 같다는 그리움은 늘 남아 있고, 정신없이 살다가도 언제 어디서든 불쑥 고개를 내미는 것이 아버지에 대한 그리움이다.

삶의 고비가 있을 때마다 아버지가 지금의 내 나이였으면 어땠을까 하는 생각을 한다. 생각 속의 아버지는 강하고 지혜로우며, 모든 것을 해결할 수 있는 사람처럼 보였다. 지금까지 살아온 방식이 아버지와 어떻게 달랐을까, 아버지가 살아 계시다면 어떤 선택을 했을까 하는 물음은 앞으로도 계속 될 것이다. 아버지가 살아 계셔서 내 나이가 되었다면, 자식에게 어떤 말을 해주었을까? 어떤 방식으로 자식을 이끌어주었을까?

아버지라는 존재는 내가 바라보았던 모든 것의 중심이다. 경제적인 안정이나 물질적인 성공은 물론 중요하다. 하지만 그것만으로는 내 마음을 채울 수 없다. 아버지가 나에게 남긴 가장 큰 가르침은 경제적인 것이 아니라, 내가 어떤 삶을 살아가야 하는지에 대한 방향이었을 것이다. 그 방향이 아버지의 부재로 인해 여전히 내 안에서 그리움으로 남아 있고, 그리움은 시간이 지나도 쉽게 사라지지 않는다.

아직도 아버지와의 대화를 꿈꾼다. 아버지가 내 옆에 있었다면, 내가 겪고 있는 고민들을 어떻게 해결했을까? 아버지의 경험에서 나온 조언을 들었을 때, 내 삶이 어떻게 달라졌을까? 아버지가 보여줬을 법한 삶의 방식은 무엇이었을까? 아버지와의 대화는 끝없는 질문으로 이어지고 그 대답은 아버지로 살고 있는 내가 대답한다.

이제는 그리운 마음으로, 지금까지 걸어온 길을 되돌아보며 아버지의 자리에 더 가까워지려 노력한다. 어쩌면 내가 이루어낸 모든 것들도, 아버지가 없었기에 더 간절히 원했던 것들이었는지도 모른다. 그렇지만 그 빈자리는 아무리 채워도 여전히 그 자리에 남아 있다.

세량지, 인간과
자연의 합작품

CNN이 2019년 11월 15일자 기사에서 '한국에서 꼭 가봐야 할 아름다운 50곳'으로 화순의 세량제를 추천하였다. '별천지처럼 풍경을 감싸안은 물안개와 물에 반사되어 비치는 다채로운 꽃과 이파리의 아름다움'으로 소개하였는데, 이미 사진작가들 사이에서는 사진 찍기로 유명한 장소였다.

세량지를 방문하면 저 높은 곳에 어찌 이런 별천지가 있을까 싶다.

"역시 자연의 힘은 오묘해. 자연이니까 이런 장관을 만들어내지. 인간이 우주를 정복하는 시대지만 사람의 힘으로는 이런 걸작을 만들 수 없어."

세량지를 한 번이라도 가 본 사람이라면 이런 감탄사가 나올 것이다.

그러나 세량지를 인간이 만들었다고 하면 어떨까. 말도 안 된다고, 절대 불가능하다고 절레절레 고개를 흔들 것이다. 그 정도로 세량지의 아름다움은 세상 밖의 모습이다.

세량지는 자연과 인간의 손길이 만나 조화를 이룬 별천지다. 1969년 농업용수 부족 문제를 해결하기 위해 흙을 높이 쌓아 제방을 만들고 물을 가두어 저수지를 만들었다. 사람의 필요에 의해 만들어진 저수지가 수백 년을 살아온 자연과 하나가 되어 지금의 모습으로 자리 잡았다. 자연이 인간의 손길을 받아들여 다시금 자연의 일부가 된 결과물이고, 자연과 인간이 함께 만들어낸 아름다운 합작품이다.

자연의 변화와 사람들의 손길이 더해져 평화롭고 아름다운 공간으로 만들어진 이곳을 찾는 사람들은 많은 영감을 받는다.

눈앞에 펼쳐진 별천지에 빠져들기도 하고, 물안개의 신비로움에 사로잡히기도 하고, 제방을 걸으면서 햇살을 누리기도 하고, 숲길로 들어가 자연의 오묘함에 몰입되기도 한다. 세량지는 이곳을 삶의 터전으로 살아가는 사람들에게는 생명수 같은 물을 대주고, 이따금씩 이곳을 찾는 이들에게는 마음을 낮게 해주는 힐링의 장소가 되기도 한다.

세량지는 이렇게 자연과 인간이 어떻게 조화를 이루며 살아갈 수 있는지 보여주고 있다.

인간의 욕심에 의해 자연이 훼손되고, 파괴되는 것은 이미 일상이 되어버린 지 오래다. 그 결과는 기후 파괴와 환경 오염으로 우리가 고스란히 그 피해를 받고 있다.

세량지는 사람들이 자연을 파괴하지 않고 함께 살아가는 방법을 보여준다. 사람들이 세량지의 물로 농사를 짓고, 물을 관리하며 자연과 협력하는 방식은 인간과 자연이 서로 존중하며 살아갈 수 있음을 잘 보여준다. 사람들은 자연의 법칙을 거스르지 않고 물의 흐름을 조

절하면서 농작물을 키운다. 자연을 존중하면서도 인간의 삶에 필요한 자원을 얻을 수 있는 방법이 바로 이런 방식이다.

인간은 무절제하게 소비하고 그 욕심이 삶의 질을 떨어뜨리고, 자연과의 균형을 깨뜨리는 결과를 가져왔다. 단순히 환경 보호의 문제가 아니라 사람이 어떻게 살아갈지에 대한 고민과 성찰이 필요하다.

　우리가 자연을 존중하고, 자원을 절제하는 삶을 살아갈 때, 자연과 인간이 함께 성장하고 발전할 수 있는 길을 찾을 수 있다.

　자연은 단순히 우리가 이용할 수 있는 자원이 아니라, 우리의 삶을 지탱하는 중요한 부분이다. 그래서 자연을 보호하고 존중하는 것은 단지 환경을 위한 일이 아니라, 우리 미래를 위한 일이다.

　세량지에서 우리는 자연과의 조화를 이루는 방법을 배우고, 더 나은 삶을 살아갈 수 있는 길을 찾을 수 있다. 이런 고민은 우리가 자연과의 관계를 다시 생각하게 하고, 지속 가능한 미래를 만드는 데 큰 도움이 될 것이다.

　세량지는 물을 저장하는 저수지 그 이상이다. 그곳에서 잠시 모든 것을 내려놓고, 자연과 소통하며 마음의 여유를 찾을 수 있고, 우리가 살아가야 할 삶의 방식에 대한 깨달음을 얻을 수 있다.

3부

사랑, 파동처럼 번지다

e스포츠, 태권도,
세계를 향한 문화 외교

게임은
문화다

　게임은 단순한 오락이 아니다. 그것은 우리가 살아가는 시대를 반영하는 문화의 중요한 한 축이 되었다. 특히 e스포츠, 즉 비디오 게임을 통해서 이루어지는 스포츠 문화는 더 이상 소수의 취미로만 여겨지지 않는다. e스포츠는 전 세계적으로 수억 명의 팬을 보유하고 있으며, 전문적인 리그와 선수들이 활동하는 거대한 산업으로 자리잡았다. 게임이 문화로서 인정받게 된 이유는 단순히 그 자체의 재미에만 있는 것이 아니다.

　게임 속을 들여다보면 인간 세상이 돌아가는 것과 비슷하다. 게임 속에서 다른 사람과 경쟁하거나 협력하는 방식은 사실 일상에서도 비슷하게 일어나곤 한다. 사람들은 서로 소통하고, 같은 목표를 향해 함께 노력하기도 하고, 경쟁도 하면서 관계를 이어간다. 게임 속에서 그런 경험을 하다 보면, 현실 세계에서도 다른 사람들과 어떻게 관계를 맺고, 함께 살아가야 하는지에 대한 방법을 배울 수 있다.

e스포츠를 바라보는 부정적인 것 중에 하나는 컴퓨터게임이라 사람들과의 만남도 없고 가상세계에서만 소통하기 때문에 현실 세계와 단절됐다고 생각하는 시선이다. 이런 단편적인 시선과 달리 게임을 통해 다양한 사람들을 만나고 여기서 새로운 문화를 만들어가기도 한다. 게임 안에서 생긴 유머나 표현 방식은 그 게임을 좋아하는 사람들만의 독특한 문화를 만들어내고, 이런 문화는 게임을 좋아하는 사람들 사이에서 자연스럽게 퍼져나가고, 그 안에서 소속감을 느끼게 한다.

더구나 게임을 통해 새로운 경험을 쌓게 된다. 현실에서는 느낄 수 없는 감정을 경험하고 그런 경험들을 통해 문제 해결 방식을 터득하기도 한다. 게임은 가상의 세계에서 우리의 능력을 시험하고, 한계를 뛰어넘기도 하고, 때로는 진정한 성취감을 느끼게 한다. 이는 마치 스포츠 경기에서 선수가 뛰어난 기량을 발휘하고, 관중은 그 경기를 지켜보며 감동을 받는 것과 비슷하다. e스포츠에 참가한 선수들은 가상의 경기장에서 펼쳐지는 치열한 경쟁을 통해, 자신만의 실력을 세상에 알린다. 그들의 노력과 인내, 그리고 성취는 단순한 오락의 차원을 넘어서서, 하나의 문화적 사건으로 거듭나게 되는 것이다.

게임이 본격적으로 문화의 하나로 자리 잡기 시작한 건 20세기 중반을 지나면서부터다. 1970년대 후반, 아케이드 게임이 대중화되며 게임의 역사는 시작되었는데, '퐁(Pong)'이라는 게임이 사람들 사이에서 큰 인기를 끌면서, 비디오 게임의 가능성을 열어주었다. 점점 사람들이 집에서도 게임을 즐기기 시작하면서 게임 콘솔로 즐기더니 개인용 컴퓨터(PC)가 대중화되면서 게임은 더 확대되었다. '슈퍼 마리오'와 같은 게임은 누구나 손쉽게 즐길 수 있는 문화의 일부가 되었다. 어린이와 청소년들의 전유물처럼 여겨졌던 게임이 시간이 흐르면서 그 장르가 점차 다양해지고, 더 넓은 연령층을 아우르는 문화로 발전하게 되었다.

'스타크래프트'와 '디아블로' 같은 게임들은 이제 성인들에게로 넓혀졌고 단순히 즐기는 차원을 넘어, 사람들 사이의 소셜 네트워크를 형성하게 해주었으며, 이는 게임을 e스포츠라는 새로운 분야로 발전시켰다. 심지어 청소년들의 꿈의 직업인 프로게이머라는 신직업이 탄생하였고, '스타크래프트'의 세계에서 프로게이머들은 게임을 잘하는 것을 넘어, 그 자체로 시대를 대표하는 하나의 문화적 아이콘이 되었다.

게임이 문화로 자리 잡으면서 게임을 즐기는 사람들의 수는 폭발적으로 증가했다. 연령대나 성별에 관계 없이 누구나 게임을 즐기고, 게임 관련 콘텐츠도 점점 다양화되고 있다. 이제 단순한 놀이기구였던 게임은 전 세계 사람들과 소통할 수 있는 새로운 방식의 글로벌 문화로 확장되었다.

그 중심에 e스포츠가 있다. e스포츠는 더 이상 마니아들만 즐기는

취미 활동이 아니다. 이제는 전 세계적으로 대규모의 대회가 열리고, 수많은 사람들이 이를 시청하며 열광한다. 심지어 e스포츠는 올림픽 종목으로 정식 채택될 가능성도 열려 있다. e스포츠는 게임을 전문적으로 하는 선수들뿐만 아니라, 게임을 좋아하는 모든 사람들이 함께 즐길 수 있는 문화로 자리 잡았다. 이런 점에서 게임은 이제 스포츠와 같은 중요한 사회적 역할을 하게 되었다.

　게임의 문화적 영향은 청소년들에게서 더욱 뚜렷하게 나타난다. 청소년들 사이에서 게임은 일상적인 활동 중 하나로 자리 잡았다. 학교가 끝나고 친구들과 게임을 즐기는 것은 이제 흔한 일상이다. 게임을 통해 친구들과 소통하고, 함께 문제를 해결해 나가는 과정에서 청소년

들은 협력의 중요성과 문제 해결 능력을 기를 수 있다. 게임은 단순한 오락을 넘어서 창의력과 상상력을 자극하는 도구로도 활용되고 있다.

하지만 게임이 가지는 부정적인 측면도 분명 존재한다. 지나치게 몰입하면 게임 중독에 빠질 위험이 있고, 현실과 게임의 경계를 구분하기 어려운 경우도 발생할 수 있다. 일부 게임에서는 폭력적인 내용이나 과도한 경쟁이 미칠 수 있는 부정적인 영향을 우려하는 목소리도 존재한다. 이런 문제들은 게임을 즐기는 사람들이 책임감을 가지고, 건강한 방식으로 게임을 즐기는 것이 얼마나 중요한지를 알려주는 것이다.

그렇지만 게임의 긍정적인 측면도 매우 크다. 게임은 사람들 사이의 소통과 협력을 촉진시키고, 세계 각지의 사람들이 게임을 통해 문화적 장벽을 넘어설 수 있는 기회를 제공한다. 온라인 게임을 통해 우리는 언어와 국경을 초월하여 서로 소통하고, 글로벌 공동체를 형성할 수 있다.

게임은 그 자체로 예술적인 성취를 이룰 수 있는 매체이기도 하다. 현대의 게임은 뛰어난 그래픽, 음악, 스토리라인 등을 통해 예술 작품으로서의 가치를 지니고 있다. 게임은 이제 단순한 '오락'이 아니라, 하나의 문화적 형태로 발전하고 있다.

게임은 더 이상 청소년들만의 문화가 아니다. 어른들 역시 게임을 즐기고, 그 속에서 또 다른 세대 간 소통을 만들어가고 있다. 부모와 자식이 함께 게임을 즐기며 대화를 나누고, 게임 속에서 새로운 경험을 공유하는 것은 게임이 갖는 특별한 장점 중 하나이다.

컴맹인 65세 할머니가 리그오브레전드(LoL) 프로게이머가 되었다는 기사가 화제가 된 적이 있다.

대만의 창이수(65) 할머니가 타이중 훙광과기대에서 열린 리그오브레전드 대회에 선수로 참가하였다.

"솔직히 나는 컴퓨터를 거의 모른다."

"게임을 배울 생각은 해보지도 않았고, 사람과 교류하는 것이 좋다."

"점차 게임을 배워가면서 뇌를 쓰는 데 도움이 되고, 게임을 하면서 손재주가 필요하다는 것도 깨달았다."

할머니의 인터뷰 내용을 보면 e스포츠가 어떤 영향력을 주고 있는지 잘 보여준다.

게임은 이제 더 이상 특정 세대나 그룹의 문화가 아니라, 모두가 함께 만들어가는 문화이다. 게임이 단순한 취미나 여가 활동을 넘어서, 사람들의 삶의 일부로 자리 잡고 있다는 것은 부인할 수 없는 사실이다. 그리고 이 게임이라는 문화는 앞으로도 계속해서 진화하고, 우리 사회의 중요한 부분이 될 것이다.

게임은 이제 단순한 오락을 넘어서, 우리 삶의 중요한 일부로 자리 잡았다. e스포츠는 게임의 문화적 변화, 우리 삶에 미친 영향을 분명히 보여준다. 게임은 단순한 여가 활동이 아니라, 우리가 살아가는 세상을 이해하고, 새로운 형태의 인간 관계를 형성하는 중요한 매개체가 되었다. 그래서 게임은 더 이상 취미나 오락을 넘어서, 하나의 문화가 되었다.

아이들과
미래를 잇다

"게임은 무의미하다", "시간 낭비일 뿐이다".

아이들이 게임에 빠져 있다고 생각하는 순간 어른들은 곧 우리 애가 나쁜 길로 빠져 헤어나오지 못할 거라는 막연한 불안감으로 아이를 게임에서 떼어내려고 온갖 회유와 협박의 말을 하곤 했다. 게임에 대한 부정적인 시각을 거두지 않고 게임은 그저 시간이나 낭비하는, 심지어 아이를 구렁텅이로 빠트리는 아무 쓸모없는 오락으로만 생각해왔다.

그러나 이제는 게임이 그 자체로 하나의 문화가 되었다. 특히 e스포츠, 즉 전자 스포츠는 그중에서도 가장 중요한 역할을 한다. 과거에는 게임을 단순한 개인의 취미로만 여겼다면, 이제는 그 게임이 사람들을 이어주는 중요한 다리 역할을 하고 있다.

e스포츠의 선두주자인 스타크래프트가 젊은층 사이에 새로운 스포츠로 자리 잡으면서 e스포츠에 대한 생각에 획기적인 변화가 일어났다. e스포츠의 기반은 컴퓨터 게임이다. 그런데 사람들을 한 장소에 모아놓고 그곳에서 컴퓨터 게임을 진행하고 실시간 중계를 하기 시작했다.

장충체육관에 꽉 들어찬 관중들이 컴퓨터로 스타크래프트 게임을 하는 장면을 보고 열광하는 모습은 그때까지 한 번도 상상해 보지 못한 문화적 충격이었다. 체육관에서 운동선수가 경기하는 것을 관람하는 것이 아니라 컴퓨터로 게임 하는 것을 보기 위해 수많은 사람들이 모인다는 것도 놀랍지만 프로게이머들의 손놀림 하나하나에 숨죽이고 열광하고 환호하는 모습은 충격적이었다.

그러나 이제 프로게이머들이 인기스타가 되고 전 세계 팬덤을 몰고 다니는 등 e스포츠를 즐기기 위해 수많은 일들이 벌어지고 있다. e스포츠는 이제 전 세계적으로 하나의 산업이자 문화로 자리 잡았다. 수백만 명이 시청하는 대형 대회, 그리고 그 대회에서 활약하는 선수들, 그들의 팬들까지. e스포츠와 연결된 모든 사람들이 하나의 커다란 네트워크를 형성하며 서로를 이어주고 있다.

e스포츠를 즐기고 이런 문화를 이끌고 있는 중심은 바로 '아이들'이다. 아이들은 e스포츠의 가장 큰 소비층이고 이 문화를 거침없이 이끌어가고 있다. 이제 e스포츠는 단순한 오락의 범주를 넘어, 삶의

중요한 부분으로 자리 잡고 있다.

아이들이 e스포츠와 만나면서 그들은 자신만의 새로운 미래를 꿈꾸기 시작했다. 예전에는 게임을 잘하는 아이가 '혼자만의 세상'에서 시간을 보내는 경우가 많았지만, 이제는 게임이 커뮤니케이션의 중요한 수단이 되고 있다. 다양한 국가의 아이들이 하나의 팀으로, 하나의 대회에서 경쟁하며, 그들은 서로를 이해하고, 협력하며, 공동의 목표를 향해 나아간다. 이러한 과정 속에서 아이들은 자연스럽게 협동, 리더십, 문제 해결 능력 등을 키운다. 단순히 게임을 잘하는 것이 중요한 것이 아니라, 그 과정에서 형성되는 인성과 태도가 더 중

요한 가치로 다가오고 있다.

　이처럼 e스포츠는 아이들에게 새로운 경험을 하게 한다. 학교에서 접할 수 없었던 기술적이고 창의적인 면들을 이 경험을 통해 배우고 있다. 게임 속에서 전략을 짜고, 빠른 판단을 내리고, 팀원들과 소통하는 과정은 실생활에서도 중요한 능력들이 된다. 이제는 e스포츠가 단순한 오락이 아니라, 직업으로서도 큰 가능성을 가지고 있다는 사실이 점점 더 많은 아이들에게 꿈과 희망이 되고 있다. 유명한 e스포츠 선수들이 그들만의 브랜드를 만들어가고, 그들을 따르는 팬들도 점차 늘어나는 것은, 아이들에게 게임이 단순한 '취미'가 아니라 '직

업'이 될 수 있다는 희망을 갖게 하는 것이다.

하지만 이런 긍정적인 변화가 일어나기까지는 많은 시간이 필요했다. 과거에는 부모님이나 교육기관에서 게임을 지나치게 제한하기도 하고, 그 자체를 부정적으로만 봐왔다. 게임을 통해 배울 수 있는 점들이 많다는 사실을 깨닫기까지는 오랜 시간이 걸렸다. 최근 몇 년 사이 e스포츠가 하나의 산업으로, 문화로 인정받으면서 긍정적으로 생각하게 되었다. 여러 나라에서 e스포츠를 정식 스포츠로 인정하고, 학교 교육이나 청소년 육성 프로그램으로 활용하고, 많은 기업들이 e스포츠 관련 산업에 투자하면서 그 가능성은 더욱 넓어지고 있다.

e스포츠가 아이들과 미래를 잇는 중요한 다리 역할을 한다는 점은 분명하다. 아이들은 e스포츠를 통해 새로운 꿈을 꾸고, 이를 이루기

위한 다양한 노력을 하게 된다. e스포츠의 선수들은 단순히 게임을 잘하는 사람들만이 아니다. 그들은 하루 종일 훈련을 하며, 자신만의 기술을 만들어내고, 심리적으로도 강한 정신력을 필요로 한다. 그들의 노력과 열정은 어린이들에게 많은 영감을 준다. 이제는 아이들이 게임을 좋아한다고 해서 무언가 부족한 사람이 되지 않는다. 오히려 아이들은 자신의 꿈을 위해 열심히 노력하려고 한다.

e스포츠라는 문화가 아이들의 사고방식과 세상에 대한 시각을 변화시키고 있다. 아이들은 더 이상 게임을 단순히 즐기는 것을 넘어서, 그것을 통해 세상을 바라보고, 더 넓은 가능성을 탐험할 수 있는 도전의 장으로 생각하고 있다. 아이들의 상상력은 게임 속에서 현실을 뛰어넘는 창의적인 아이디어와 전략을 만들어내고, 게임을 통해 배운 기술과 경험을 현실에 적용하면서 앞으로 나갈 수 있는 자신감을 얻고 있다.

이제 게임을 단순히 오락으로만 생각해서는 안 된다. 게임은 더 이상 아이들을 방해하는 것이 아니라, 그들의 꿈을 이루기 위한 도전의 도구가 되고 있다. 게임을 통해 아이들은 자신을 표현하고, 다른 사람들과 협력하며, 세계를 향해 나아간다. 이 과정에서 그들은 미래를 준비하고, 자신만의 길을 찾는다. 이제 게임을 좋아하는 아이들을 더 이상 걱정할 필요가 없다. 오히려 그들은 우리가 미처 상상하지 못한 방식으로 세상을 이끌어 나갈 준비가 되어 있다.

e스포츠는 아이들과 미래를 잇는 중요한 다리 역할을 한다. 그것

은 단순히 기술적인 발전이나 산업적인 성장을 의미하는 것이 아니다. 아이들에게 e스포츠는 그들의 가능성을 열어주는 창이자, 더 넓은 세상으로 나아가는 첫걸음이 된다. 아이들은 게임을 통해 자신의 꿈을 키워가며, 그 꿈을 이루기 위해 계속해서 도전하고 성장할 것이다. 그리고 그들이 만들어갈 미래는, 우리가 상상할 수 있는 것보다 더 넓고 다양한 가능성으로 가득 차 있을 것이다.

디지털 세대와
공감하기

"요즘 아이들은 태어날 때부터 스마트폰을 손에 쥐고 나오나 봐."

농담이다. 스마트폰 사용하는 연령층이 점점 낮아지다 보니 이런 농담도 나온다. 말이 농담이지 생각해 보면 완전히 틀린 말은 아니다. 작은 손가락으로 어찌나 빨리 화면을 넘기고, 댓글을 달고 자유자재로 갖고 노는지 놀라울 따름이다. 유치원생이 태블릿으로 유튜브를 보고, 초등학생이 영상 편집 앱으로 자기만의 콘텐츠를 만든다. 처음엔 신기하고 조금 걱정스럽기도 했다.

그런 상황을 이해하려고 하기보다 걱정부터 앞섰고 거리감이 생겼다. '요즘 애들'이라는 말을 입에 달고 살았고, 그들의 말과 행동이 낯설게 느껴졌다. 특히 대화를 해보면 말끝을 흐리거나 줄임말을 써서 도통 무슨 말인지 모를 때가 많았다. 분명 한글인데 뜻을 이해할 수 없는 한글이다. 'ㅋㅋ', 'ㄱㅇㄷ', '쩐다' 같은 말을 들을 때마다 세대 차이를 실감한다. "그게 쩐이야?"라든가, "아, 개웃겨." 같은 말은 무슨 뜻인지 알 것도 같고, 또 모를 것 같기도 하다. 앞뒤 문맥을 들으면서 눈치로 때려 맞추기도 한다. 맞으면 다행이고 모르면 대화에 낄 수가 없다. 어른들은 "도대체 무슨 말이야?" 하며 웃기도 하고, 때로는 답답해하기도 한다.

세상이 말세라고 한탄하지만 곰곰이 생각해 보면 어느 시대나 이런 세대 차이는 있었다. 또래끼리만 통하는 말이 있었고, 어른들은 우리 말투를 이해 못 해 고개를 절레절레 흔들곤 했다. 세대 차이란 늘 있었던 거다. 그런데 요즘은 그 차이가 유독 더 크게 느껴진다. 왜일까?

아마도 '디지털'이 한몫하는 것 같다. 컴퓨터, 스마트폰 같은 디지털 기기가 빠르게 발전하면서, 그 안에서 새로운 문화가 쏟아져 나오기 시작했다. 유튜브, 인스타그램, 틱톡 같은 플랫폼에서는 매일같이 새로운 말이 유행하고, 새로운 방식으로 소통이 이루어진다. 이런 흐름에 익숙한 세대와 그렇지 않은 세대 사이에는 자연스레 거리가 생긴다. 심지어 스포츠도 게임으로 하는 e스포츠가 유행하고 있다.

디지털 기기를 잘 다루는 세대는 그만큼 새로운 문화를 빠르게 받아들이고, 또 만들어간다. 반면 디지털 환경이 낯선 세대는 그 변화를 따라가는 것조차 버겁고 힘들다. 결국 세대 간의 간극은 단순히 나이의 문제가 아니라, 환경의 차이에서 비롯되는지도 모른다.

그래도 너무 걱정할 필요가 없다. 세대 차이는 늘 있어 왔고, 조금만 관심을 가지면 서로의 세상을 이해하는 일도 불가능한 일이 아니다.

'박막례 할머니', '시골할매'처럼 손녀딸이 할머니의 일상을 동영상으로 찍은 유튜브가 많은 사람에게 사랑받기도 하는 것을 보면 디지털이 세대를 연결하는 다리 역할을 하고 있음을 알 수 있다.

공감이란 결국 서로의 다름을 인정하고, 그 다름을 이해하려는 노력에서 나온다. 디지털 세대와 소통하고 싶다면, 그들의 세상으로 한 발 들어가는 용기가 필요하다. 때로는 내가 모르는 걸 배우겠다는 자세가 대화의 시작이 되기도 한다.

지자체 주민센터에서 고령자들을 위한 디지털 교육을 하는 곳이 늘고 있다. 스마트폰 하나 작동하는 것도 쉽지 않은 고령자들에게 쉽고 자세히 직접 스마트폰을 활용하는 방법을 가르쳐 주는 것이다. 요즘 식당에 가면 키오스크로 비대면 주문을 해야 하는 곳이 많다. 이제 어르신들이 키오스크 앞에서 주문하는 모습을 종종 볼 수가 있다.

이런 시도들 중 하나가 e스포츠를 통한 소통이 늘어나고 있다는 것이다. 아버지와 아들이 함께 e스포츠를 즐기기도 하고, 거실 TV로 e스포츠 중계를 보면서 대화를 나누기도 한다.

처음에는 e스포츠라는 말이 낯설고 이해되지 않지만 TV나 인터넷으로 함께 보며 응원하다 보면 문화를 이해하게 되고 손주와의 대화도 쉬워진다. 게임을 직접 해야 하는 것은 아니다. 다만 젊은 세대가 어떤 것을 좋아하고, 그것이 어떤 의미인지 이해하려는 마음이 중요하다.

e스포츠는 나이가 많은 분들에게도 좋은 점이 있다. 간단한 게임은 두뇌를 자극하고 손과 눈의 협응력을 키워준다. 눈손협응력은 눈과 손을 동시에 사용하는 활동을 할 수 있게 해주는 인지능력을 말한다. 고령이 될수록 인지능력이 떨어지는데 간단한 게임을 통해 이를 보완할 수 있다. 더불어 혼자 사는 어르신들이 게임을 통해 외로움을 덜고, 사람들과 소통하는 기회를 만들 수 있다. 인터넷으로 연결된 게임을 하면, 멀리 있는 사람과도 함께 시간을 보낼 수 있다. 바둑이나 장기처럼 익숙한 게임도 온라인으로 할 수 있고, 새로운 간단한 퍼즐 게임도 머리를 쓰는 데 도움이 된다. 어떤 복지관에서는

어르신들을 위한 게임 프로그램을 운영하며, 함께 모여 게임을 배우고 즐기는 시간을 가진다. 이것은 건강에도 좋고, 사회적 관계를 유지하는 데도 도움이 된다.

디지털 세대와 공감하는 것은 어렵지 않다. 관심을 가지고 마음을 열고 서로를 이해하려는 노력이 있다면 누구든지 함께할 수 있다. 세대는 다르지만 마음은 통할 수 있다. 어르신들이 디지털 세상에서 즐거움을 찾고, 소외되지 않고, 당당하게 함께 살아갈 수 있도록 우리 모두가 함께해야 한다.

발차기 하나에
담긴 철학

태권도는 단순한 무술이 아니다. 누군가에겐 운동일 수 있고, 또 누군가에겐 자기 방어 수단일 수 있다. 그러나 국가의 이름을 걸고 세계 무대에서 태권도가 쓰일 때, 그것은 하나의 '언어'가 된다. 서로 말이 통하지 않아도, 함께 문화를 공유하지 않아도, 발차기 하나로 전 세계 사람들의 마음을 움직이고 연결할 수 있다. 바로 그것이 태권도가 가진 힘이고, 우리가 세계에 자랑할 수 있는 철학이다.

태권도의 발차기는 그저 빠르고 높게 차는 기술이 아니다. 그 안에는 정신이 담겨 있고, 인내와 절제가 담겨 있으며, 무엇보다 '존중'이 담겨 있다. 세계 각국을 다니면서 태권도를 선보이는 태권도외교단의 공연이나 시범은 단순한 무술 시범을 보여주는 것에서 그치지 않

고 문화를 알리고 두 나라의 외교를 단단하게 연결하는 역할을 하고
있다. 군더더기 없는 동작, 절제된 몸짓, 정확하고 강한 발차기는 보
는 사람들에게 깊은 인상을 준다. 거기에는 한국인의 끈기, 집중력,
예절, 그리고 공동체 정신까지 모두 스며들어 있다.

태권도는 전 세계 태권도 회원국이 213개국이고, 2억여 명의 수련

자가 태권도를 하고 있다. 2000년 시드니 올림픽부터 정식 종목으로 채택되면서 더욱 글로벌한 무대로 발돋움했다.

이미 오래전부터, 태권도는 전세계에 평화와 화합의 메시지를 전달하며 세계 곳곳에서 문화 사절의 역할을 해왔다. 냉전 시대의 갈등과 분열 속에서도 태권도는 국가와 이념을 넘어 사람과 사람 사이를 잇는 다리가 되었다. 국적과 언어가 다른 사람들이 같은 동작을 함께 연습하고, 땀을 흘리고, 서로를 존중하는 과정은 태권도의 진정한 가치가 무엇인지를 보여준다.

태권도는 말로 하는 외교보다 더 강한 설득력을 가지고 있다. 정교하게 훈련된 발차기 하나는, 그 어떤 연설보다 깊은 인상을 남긴다. 발차기의 속도와 정확함, 그 안에 담긴 집중력과 절제는 상대방에게 경외심을 불러일으킨다. 동시에 그 동작을 통해 상대방은 '이들이 얼마나 자신들의 문화를 자랑스러워하고, 그것을 세계와 나누고 싶어 하는가'를 느낄 수 있다. 그렇게 태권도는 몸의 언어로 한국의 정신과 철학을 전하는 외교를 하고 있을 것이다.

실제로 많은 나라에서 태권도는 한국과의 외교 관계를 여는 창구 역할을 하고 있다. 경제나 정치적인 이해관계보다 먼저 태권도를 통한 문화 교류를 하면서 신뢰를 쌓고 우호적인 관계를 맺은 경우가 많다. 한국 정부는 태권도 사범들을 전 세계로 파견하고, 현지에 도장을 세우고, 대회를 개최하며 자연스럽게 한국의 문화를 소개하고 있다. 이 과정에서 가장 큰 역할을 하는 것은 바로 '발차기'다. 시범

경기에서 보이는 540도 회전 발차기나 공중에서 날아오르며 격파하는 고난도 기술은 단순히 기술이 아닌 예술에 가깝다. 그리고 그 예술적인 동작 하나하나가 한국인의 열정과 자긍심을 세계인에게 전달하고 있는 것이다.

그 안에는 몇 년 동안 갈고 닦은 땀과 노력, 그리고 한계를 극복하려는 의지가 담겨 있다. 그리고 상대를 공격하기 위한 것이 아니라, 자기 자신을 다스리고 주변을 존중하기 위한 무술이라는 태권도의 철학이 배어 있다. 그래서 태권도를 배운 사람은 쉽게 싸우지 않는다. 오히려 상황을 피하고, 평화롭게 해결하려고 한다. 이런 자세는 세계 곳곳에서 점점 더 중요하게 여겨지는 가치이며, 태권도는 이를 몸으로 직접 나타내고 있는 스포츠이자 문화 콘텐츠이다.

어린 학생들이 태권도를 많이 배우는 이유가 있다. 집중력이 부족했던 아이가 조금씩 자세를 가다듬고, 인사를 할 줄 알게 되며, 친구를 배려하는 태도를 배우게 된다. 이처럼 태권도의 훈련은 단순히 신체적 단련을 넘어서 정신적인 성장까지 이끈다. 그리고 이런 경험을 한 많은 사람들은 태권도를 통해 한국에 대한 좋은 인상을 갖게 되는데, 이것이 바로 민간외교이다.

태권도는 지금도 외교의 현장에서 활약하고 있다. 국가 간의 갈등이 발생해도 태권도 교류는 정치적 긴장을 완화하는 순기능을 하고 있다. 평화를 향한 작은 발걸음이, 강하고 절도 있는 발차기를 통해 실현되고 있는 것이다. 무기를 들지 않고, 폭력을 사용하지 않고, 오직 마음과 몸의 단련을 통해 평화를 말하는 태권도의 모습은, 우리가 지향해야 할 외교의 새로운 방식이다.

이처럼 태권도의 발차기에 담긴 의미는 한국인의 철학이자 세계에 전하는 평화의 메시지이며, 서로 다른 문화를 잇는 다리이자, 우리의 정체성을 확인하는 자부심의 표현이다.

변화하는 시대,
새로운 스포츠

시대는 흐르고 끊임없이 변화한다. 그리고 그 흐름 속에서 우리는 익숙한 것들을 놓아야 할 때가 있다. 과거에는 당연했던 것들이 어느 순간 낯설어지고, 새로운 것들이 그 자리를 차지한다. 우리에게 e스포츠는 그런 변화의 상징이다. 컴퓨터 속 게임이 스포츠라는 게 너무 낯설었고, 컴퓨터 게임 하는 장면을 보면서 열광하는 것을 이해할 수 없었으며, 솔직히 말해 이를 현실로 받아들이기 어려웠다. 그러나 그것은 한때 광풍이 불었다 지나가는 유행이 아닌, 미래로 향하는 문이라는 것을 깨달았다.

그동안 스포츠는 몸이 중심이 되는 활동을 의미했다. 도구를 이용하든 맨 몸으로 하든 뛰어야 하고, 땀을 흘려야 하며, 서로 부딪히며

경쟁하는 것이 진짜 스포츠라고 생각했다. '컴퓨터 앞에 앉아 있는 스포츠'는 상상도 할 수 없었고 이해는 더더욱 할 수 없는 일이었다.

그러나 e스포츠를 하는 청소년들은 e스포츠를 단순한 오락으로 보지 않았다. 컴퓨터 하나로 세계와 연결되어 있었다. 화면 속에서 친구들과 전략을 짜고, 치밀하게 경기를 분석하며, 수천 명 앞에서 실시간으로 자신의 플레이를 보여주고 있었다. 처음엔 손가락만 움직이는 게임이라며 대수롭지 않게 여겼던 그 행동이, 알고 보니 수많은 훈련 끝에 나온 것이고 밤을 새는 고민 끝에 만들어진 결과물이었다. e스포츠 선수들은 새로운 시대의 운동선수들이다. 그들에겐 그것이 경쟁이었고, 전략이었고, 팀워크였다. 스포츠의 무대가 변하고 등장하는 선수가 바뀌었을 뿐 e스포츠는 참여하는 선수나 관람하는 관중들 모두 가슴 끓게 하고 환호하고 열광하게 만드는 스포츠였다.

e스포츠를 단순한 게임으로만 봐서는 안 된다. 그 자체로 시대를 상징하는 언어다.

스포츠 선수 한 명을 길러내기 위해 수많은 데이터를 수집한다. 태릉선수촌에서는 국가대표 선수를 길러내기 위해 과학과 데이터의 정밀한 조합을 통해 선수를 만들어간다. 수집된 데이터는 단순한 수치가 아닌 선수의 가능성과 한계를 읽어내는 기능을 한다. 그리고 경기에서 승리하기 위해 전략을 짜고, 팀워크를 만들어내고, 정신력을 극대화하고, 신체 리듬이 깨지지 않게 한다. e스포츠도 마찬가지다. 축구나 야구처럼 땀을 흘리지 않을 뿐, 선수들이 흘리는 집중력

과 긴장감은 숨이 막힐 정도다. 수많은 데이터를 분석하고, 상대의 움직임을 예측하며, 순간의 선택이 경기의 흐름을 바꾸는 그 세계는 이미 전통 스포츠와 다를 바 없다.

지금 이 순간에도 전 세계 수백만 명이 게임 방송을 시청하고, 수천 명의 선수들이 밤낮없이 연습에 몰두하고 있다. e스포츠는 이제 단순한 놀이가 아니라 하나의 문화이고, 엄청난 큰 산업이며, 나아가 청소년들의 미래 진로가 되었다. 미국과 유럽, 아시아 여러 나라에서는 e스포츠가 교육 과정에 포함되고, 장학금이 제공되며, 국제 대회가 열리고 있다.

e스포츠가 나아가야 할 방향이 밝지만은 않다. 넘어야 할 산도 많고 어려움도 많다.

게임을 향한 사회적 편견, 지나친 몰입, 건강 문제 등은 분명 경계해야 할 요소다. 그래서 우리는 단순히 게임을 허락하는 것이 아니라, 제대로 된 길을 안내하는 것에 집중해야 한다. 학업과 병행할 수 있는 시스템을 구축해야 하고, 시간 관리 교육을 철저히 해야 하며, 부모와 함께하는 상담 프로그램 등을 통해 게임이 단절이 아닌 소통의 도구가 되도록 해야 한다.

이런 노력은 현실로 나타나고 있다.

광주광역시는 2023년 8월, 광주에 있는 두 학교에 e스포츠팀을 창단하였다는 소식을 전했다. 뿐만이 아니라 시골 지역의 청소년들에게 e스포츠를 통한 진로 탐색과 성장을 지원하고 있고, 이전에도 e스포츠

방과후학교를 통해 활동해왔으며, 이제는 광주시교육청의 지원을 받아 유니폼, 장비, 대회 참여비 등 다양한 지원을 받고 있다는 것이다.

지역 고등학교와 연계하여 만든 e스포츠 동아리는 단순한 취미 모임이 아닌 진로 탐색의 장이 되었다. 코딩, 스트리밍, 해설, 기획 등 다양한 직업을 체험하고, 기술과 소통 능력을 기를 수 있게 된다. 처음엔 미래가 불투명하다고 생각한 학생들도, 스스로 대회를 기획하고 운영하면서 게임 너머의 세계를 바라보기 시작했다.

e스포츠에서 강조하는 것 중 하나는 사람 중심의 게임이라는 것이다.

기술은 계속 발전하겠지만, 결국 그것을 움직이는 것은 사람이다. 아이들에게 진심으로 다가가고, 그들의 생각을 들어주며, 함께 길을 만들어 가는 일. 그것이야말로 진정한 변화의 시작이다.

"e스포츠는 새로운 시대의 스포츠이다."

"이 변화 속에서도 우리가 지켜야 할 것은, 사람에 대한 믿음이다."

시대는 변했고, 스포츠도 변했다. 그러나 변하지 않은 것이 있다. 자신의 꿈을 믿고, 포기하지 않는 마음. 그것이 스포츠의 본질이고, 인생의 힘이다.

외교보다 강한
문화의 힘

태권도는 단순한 스포츠나 무술을 넘어서 한국을 대표하는 문화인 동시에 세계와 소통하는 창구 역할을 한다. 오랜 시간 태권도외교단의 총재로서 다양한 나라를 방문했다. 각 나라를 방문할 때마다 그 나라 고유의 문화를 만났고, 다양한 사람들과 이야기를 나누었다. 그 과정에서 깨달은 사실이 하나 있다. 태권도라는 문화의 힘으로 사람을 움직이고, 관계를 유연하게 바꾸며, 때로는 정치 외교보다 더 큰 영향을 줄 수 있다는 것이다.

외교는 국가 간의 이해관계를 조율하는 일이다. 회담을 열고, 협약을 맺고, 협력을 논의한다. 하지만 외교가 성사되기 위해서는 수만 가지의 작용들이 이루어져야 한다. TV에 외교가 성사되어 두 나라의 대표가 사인하고 서류를 교환하면서 악수하는 장면을 본 적이 있을 것이다. 외교가 성사되기까지 눈에 보이지 않는 밑작업들이 있었기 때문에 가능한 것이다. 논리나 설득만으로는 사람의 마음을 바꾸기 어렵다. 마음은 때로는 논리보다 감동에 반응하고, 오차 없는 계산보다 여유로운 공감에 반응한다. 문화는 이런 감동과 공감을 전달할 수 있는 부드럽지만 꺾이지 않는 강력한 수단이다.

그중에서도 태권도는 몸으로 표현되는 문화다. 언어가 달라도, 피부색이 달라도, 발차기 하나, 인사 한 번으로 서로의 마음을 통할 수 있다. 이런 태권도의 힘은 세계 어느 곳에서도 유효하다.

한국의 태권도는 이제 단순한 무술이 아니다. 교육이고 예술이고, 공연이고 외교다. 단순히 발차기와 격파만 보여주는 것이 아니라, 그 안에 담긴 철학과 정신, 그리고 한국 고유의 전통문화를 함께 전하고 있다. 태권도 공연은 점점 더 다양해지고 있다. 품새와 발차기에 한국 전통음악이 더해지고, 사물놀이와 탈춤이 태권도 동작과 함께 무대에 오른다. 태권도 시범단은 한복을 입고 등장하기도 하고, K-팝에 맞춰 동작을 재해석하기도 한다. 이런 공연은 전 세계 관객에게 단순한 시범을 넘어서 하나의 문화적 감동으로 다가간다.

태권도 공연 하나로 상대국의 문화를 존중하고 우정을 표현할 수 있다. 특히 문화교류가 중요한 시대에 태권도는 상대국 국민들과 가장 가깝게 만날 수 있는 통로가 된다. 어떤 나라는 한국에 대해 잘 모른다. 하지만 태권도 공연을 보고 아이들이 도장에서 수련을 시작하

고, 한국 전통문화를 접하게 되면서 자연스럽게 한국이라는 나라에 관심을 갖게 된다. 외교가 설득이라면, 문화는 자연스러운 끌림이다. 태권도는 그 끌림의 중심에 있다.

외교에 있어서 중요한 것은 지속성과 진정성이다. 외교가 일회성으로 끝나면 국가 간의 신뢰가 무너진다. 태권도 아카데미를 통해 태권도도 가르쳐주고, 이 과정에서 한국의 문화와 가치를 함께 전하고, 현지에서 스스로 태권도 교육이 가능하도록 돕는다. 각국 청소년들이 아카데미를 통해 태권도를 배우고, 사범으로 성장하며, 자신의 삶을 풍요롭게 하는 것이다.

태권도에서는 예절을 가르친다. 수련을 시작할 때 고개 숙여 인사하면서 시작하고, 수련이 끝나면 인사하고 마무리한다. 승부보다 태도를 중요시 여기고, 힘보다 균형이 필요하며, 속도보다 인내를 강조한다. 이런 태권도의 정신은 어느 나라에서나 모두 통한다. 종교가 달라도 문화가 달라도 태권도의 가르침은 모두에게 통한다. 그래서 태권도는 갈등 지역에서도, 교육이 부족한 지역에서도, 사회적 문제가 많은 지역에서도 큰 역할을 하고 있다.

전통적인 외교는 국가 간의 관계를 다루지만, 태권도를 통한 외교는 사람과 사람을 잇는 작업을 한다. 공식적인 관계는 정치 상황에 따라 변할 수 있지만, 문화로 맺어진 인연은 쉽게 끊어지지 않는다. 태권도를 수련한 사람은 그 나라의 미래가 된다. 그들은 한국을 이해하고, 지지하며, 한국과의 관계를 긍정적으로 바라본다. 이것이 외교보다 더 강한 문화의 힘이다.

하나의 문화가 자리 잡기까지는 긴 시간이 걸리지만 한번 스며든 문화는 오래가고 깊이 스며든다. K-문화의 세계적인 확산도 태권도 외교에 큰 힘이 되고 있다. K-팝, K-드라마, K-영화가 세계인의 관심을 끌면서, 자연스럽게 태권도에도 관심이 커지고 있다. 공연에 K-팝을 접목하고, 전통과 현대를 아우르는 무대를 구성하면서 태권도는 더 많은 사람에게 다가가고 있다.

태권도는 여기에 머무르지 않고 계속 변화할 것이다. 더 많은 나라, 더 다양한 문화, 더 새로운 형식과 만나게 될 것이다. 하지만 변하지 않는 것이 있다. 바로 태권도 안에 담긴 한국인의 정신이다. 예절, 절제, 인내, 그리고 평화를 향한 마음, 이 정신이 있는 한, 태권도는 그 자체로 한국을 대표하는 문화 외교가 될 것이다.

태권도는
평화의 무기다

태권도외교단 총재로 각국을 방문하며 태권도를 알리고, 특히 인도에서 의미 있는 시간을 보낸 적이 있다. 세계 최초로 태권도 프로리그가 인도에서 탄생하였고, 태권도 프리미어리그가 해마다 열리고 있다. 인도에서 열리는 태권도 프리미어리그 시즌 전야제에 태권도외교단과 함께 초청받아 방문한 것이다. 프로축구, 프로야구, 프로농구, 프로배구는 모르는 사람이 없을 정도로 유명하지만 프로태권도는 종주국인 우리나라에서도 아직 생소하다.

15억 인구의 인도는 IT 강국이다. 인도에서 가장 인기 있는 무술 중 하나가 태권도다.

"태권도는 삶의 규율을 가르치게 만들고 인도 젊은이들의 삶에 정말 좋은 영향을 미친다."

이런 현상이 인도에서 태권도 프리미어리그가 만들어지고, 지금 태권도 붐이 일어나고 있는 배경이다. 바로 그 현장에서 한국의 태권도 외교단 공연이 펼쳐진다. 각계각층의 사람들이 오직 태권도를 사랑하는 마음으로 모인 그곳에는 싸움도 없고, 분쟁도 없고, 고통도 없고, 오직 평화만 있을 뿐이다.

태권도는 무예이다. 무예는 주먹, 다리, 팔꿈치. 무릎 등 신체나 각종 도구를 활용해서 상대방의 위협을 방어하고, 상대를 제압하는 기술체계를 말한다. 전쟁이 일상이던 시절에는 무예는 생존을 위한 기술이다. 그러나 전쟁이 없던 시절에도 무예는 사람들과 함께하면서 사람들은 싸움을 위한 수단으로만 보지 않게 되었다. 싸우는 동작 하나하나에 정신을 담기 시작했고, 그 과정을 통해 스스로를 단련하였다.

그래서 무예는 예술이라는 이름을 갖게 되었다. 단순한 동작의 반복이 아니라, 마음가짐과 태도, 그리고 삶의 철학이 담기게 된 것이다. 어떤 이는 이를 무술이라 부르고, 어떤 이는 무도라 부른다. 각각의 단어에는 조금씩 다른 뉘앙스가 숨어 있다. 무술은 기술에, 무도는 정신에 조금 더 무게를 두지만, 요즘엔 거의 같은 의미로 쓰인다.

무예에서 겨루는 부분만 따로 떼어내어 스포츠로 발전시킨 것 중에 태권도가 있다. 시합으로 태권도를 겨룰 때 이기고 지는 것은 아주 중요하다. 하지만 그 바탕에는 여전히 무예의 뿌리가 남아 있다. 기술 하나에도 수많은 수련의 시간이 담겨 있고 고민의 흔적이 있다.

그 길 위에서 만난 모든 것

진짜 강한 것은 남을 쓰러뜨려 이기는 것이 아니라, 나를 다스리는 데 있다는 사실을 가르쳐 준다.

태권도를 배우는 길은 결코 화려하지 않다. 땀으로 젖은 도복, 반복되는 동작, 넘어진 뒤 다시 일어서는 순간들이 태권도를 하는 사람들의 일상이다. 하지만 그 속에서 발견하게 되는 건 건강해진 몸과 흔들리지 않는 마음이다. 그것이 태권도가 가진 진짜 힘이다.

태권도는 싸움의 기술에서 시작했지만, 결국 삶을 살아가는 방식

을 알려주고 평화를 지키는 데 사용하는 기술이 되었다.

겉으로는 공격하고 방어하는 스포츠로 보이지만, 그 안에는 갈등을 줄이고 폭력을 멈추게 하는 힘이 숨어 있다. 태권도를 익힌 사람일수록 자신이 가진 힘이 얼마나 큰지 알기 때문에, 그 힘을 함부로 쓰지 않기 위해 더 신중해진다.

세상은 여전히 충돌과 대립으로 가득하지만, 태권도는 그 한가운데서 균형을 잡으려는 시도를 끊임없이 하고 있다. 몸을 단련하는 운동으로 쓰이면서 건강을 지키고, 화를 조절하고 상황을 판단하며, 최선의 선택을 하게 돕는 역할을 하고 있다.

세계 곳곳을 다니며 태권도 외교 활동을 하다 보면 많은 사람들을 만나게 된다. 언어, 문화, 심지어 종교적, 정치적 배경도 전혀 다르다. 그런데 신기하게도 태권도를 중심으로 만나는 순간 그 모든 차이는 사라진다. 그것이 태권도의 힘이다.

태권도는 지금도 변화하고 있다. 스포츠로서의 태권도, 공연으로서의 태권도, 교육으로서의 태권도, 그리고 외교로서의 태권도 등등. 모든 분야에서 태권도는 여전히 겨루기를 하고 절제를 배운다. 우리는 싸우지 않기 위해 단련하고, 무기로서가 아니라 문화를 나누기 위해 태권도를 선택한다. 이것이 바로 평화를 위한 무기, 태권도의 본질이다.

"왜 우리는 태권도를 세계에 알리려 하는가?"

누군가가 묻는다면 이렇게 답하고 싶다.

"태권도를 통해 사람과 사람이 연결되고, 마음과 마음이 이어지고, 심지어 나라와 나라 사이의 벽을 무너뜨릴 수 있습니다. 태권도는 평화를 지키는 무기입니다."

인도에서 시작된 태권도 프리미어리그를 보면서 이제 태권도는 새로운 도약을 준비하고 있다고 생각한다. 태권도는 더 이상 한국만의 무술이 아니고 세계인이 교류할 수 있는 언어이고, 평화 지킴이이다.

4부

사랑, 바람처럼 나누다

나눔, 문학, 평화
그리고 영원히 이어질 이야기

화순, 시간 속에
잠든 고요함

화순은 언제나 마음속에 특별한 자리를 차지하는 곳이다.

정신없이 바쁜 하루를 보내다 책상 앞에 앉거나, 거리를 걷다 고향 사투리가 들려오거나, 차를 몰고 시골길을 지나갈 때, 어느 순간 할 것 없이 문득문득 화순이 떠오른다. 그 순간만큼은 온 세상이 잠시 멈춘 것처럼 고요해진다. 거기에는 소음도 없고, 시간의 흐름도 느려진다. 마치 추운 겨울날 따뜻한 아랫목 이불 속으로 들어갔을 때의 기분이다. 갑자기 코끝이 시큰해지기도 하고, 응어리져 있던 마음 한편이 저절로 풀어지는 기분이다.

화순을 생각하면 웃음이 난다. 별다를 것 없는 시골 동네인데도, 그곳에 얽힌 기억들은 이상할 정도로 가슴 저리고 따뜻하다. 몸은 치열

한 경쟁이 난무하는 삶의 현장인 도시 한복판에 있지만, 마음만큼은 여전히 그 시절 화순을 살고 있는지도 모른다.

그래서인지 화순을 생각하면 언제나 '가고 싶다'는 생각이 불쑥 튀어나온다. 꼭 무슨 일이 있어서가 아니라, 그냥 그곳의 공기 한 모금이 그리워지는 날이 있다. 바람이 불던 논두렁길, 고요히 내려와 하늘을 붉게 물들이던 저녁노을, 이 집 저 집에서 애 부르는 소리, 이것은 바쁜 삶에서는 결코 찾을 수 없는 것들이다. 그러니 그립지 않을 수가 없다.

화순은 조용하지만 깊은 이야기를 품고 있는 곳이다. 겉으로 보기엔 평범한 시골 같지만, 안으로 들어갈수록 오래된 시간과 넓은 자연, 그 시간과 공간을 살아온 사람들의 삶이 이리저리 얽혀 있다. 조용한 산과 들, 강과 돌들이 오래된 이야기를 품고, 말없이 수많은 세월 동안 이곳을 지나가는 사람들을 바라본다. 그저 평화로운 곳이지만, 땅속 깊이, 골짜기 끝까지 수천 년의 시간과 사람들의 삶, 그리고 아픔이 뿌리처럼 뻗어 있다.

화순을 말할 때 빼놓을 수 없는 건 백아산과 화순적벽이다. 산봉우리가 석회암으로 되어 있어 '하얀 거위'라는 이름이 붙은 백아산은 마치 흰 옷을 입은 선비 같은 산이다. 켜켜이 이어지는 능선과 사철 푸른 숲은 한눈에 보기엔 그저 평화롭지만, 그 속을 걷다 보면 오래된 기운이 느껴진다. 백아산은 화순 사람들에게는 숨 쉴 수 있는 쉼터이자, 마음을 정리할 수 있는 곳이다. 산 아래 적벽은 백아산에

서 흘러내린 물이 굽이쳐 흐르는 곳곳에 기암절벽들이 병풍처럼 둘러 있어 경이로운 절경을 볼 수 있다. 깎아지른 붉은 절벽과 그 아래 굽이굽이 휘돌아 흐르는 맑은 강물, 그리고 아침마다 피어오르는 물안개는 세상의 소란에서 벗어난 또 하나의 세계처럼 느껴진다. 이곳은 예로부터 이름난 명승지였고, 조선의 선비들이 시를 짓고, 그림을 그리고 마음을 씻어내던 자리였다. 세월이 흘러 세상이 바뀌어도 그 모습은 조금도 흐려지지 않고, 이곳을 찾는 사람들에게 더 깊은 울림을 남긴다.

살다 보면 모든 게 뜻대로 되지 않고, 하는 일마다 꼬이기만 할 때가 있다. 순간 본능적으로 무언가를 붙잡고 싶어진다. 누군가를 붙

잡고 어찌 하면 되냐고 물어보고 싶을 때가 있다. 딱히 대답을 듣기 위해서가 아니라 지금 힘드니까 말을 들어줄 상대가 필요할 때가 있다. 문득 화순의 고인돌이라면 묵묵히 이야기를 들어줄 것만 같다.

세계문화유산으로 지정되기 전에 화순의 고인돌은 어느 집의 장독대였고, 아이들이 열심히 뛰어 놀던 장소였다. 그런 고인돌이 어느 순간 떠오른다. 거대한 돌이 군데군데 놓여 있고, 수천 년의 세월을 버텨온 모습이 떠오를 때마다 마음이 조금씩 가라앉는다. 설명할 수 없는 위로를 받는다. 말 한 마디 없이 그저 묵묵히 자리를 지키고 있는 그 모습이 묘하게 힘이 되었다.

그래서 힘들 때마다 이따금 화순의 고인돌을 떠올린다. 허허롭게 웃다가도, 그 웃음 속에서 다시 조용히 중심을 잡는다.

화순은 고향을 뛰어넘어 마음의 피난처다. 삶이 고되고 버거울 때 단단하게 잡아주는 뿌리 같은 존재다. 앞만 보고 달리다 보니 세상 속에서 잠시 길을 잃고 방황할 때 화순은 조용히 이렇게 말한다. "너는 여기서 왔고, 여전히 이곳에 네 자리가 있다."

이보다 더 큰 위로가 어디 있을까. 그래서 오늘도 문득, 화순을 떠올린다. 그리고 다시 웃는다.

화순을
시로 쓰다

고향은 언제나 내 마음속에 특별한 자리를 차지하고 있다. 내가 태어나고 자란 곳, 내가 처음으로 세상의 모든 것들을 배우고 경험한 곳이기 때문이다. 고향은 나에게 단순히 물리적인 장소를 넘어, 마음속에서 가장 중요한 의미를 지닌다. 그곳은 내가 누구인지, 무엇을 좋아하는지, 무엇을 사랑하는지에 대한 많은 단서를 제공하는 곳이다. 나는 늘 그곳을 떠날 때마다 고향에 대한 그리움이 가슴에 남는다. 고향은 멀리 떠난 뒤에도 언제나 내 안에 살아 있다. 그래서 나는 고향 화순을 시로 쓰기 시작했다. 시는 나의 마음을 표현할 수 있는 가장 순수하고 진지한 방식이기 때문이다.

화순은 나에게 많은 의미를 지닌 고향이다. 그곳의 자연은 나를 키

위준 바람과 같고, 그곳의 사람들은 나를 돌봐주던 어머니의 손길 같다. 세량지의 고요한 물결, 운주사의 깊은 역사, 적벽에서 느낄 수 있는 고즈넉한 분위기까지, 화순은 아름다운 자연과 풍경뿐만 아니라 그곳에서 자란 사람들의 삶의 방식까지 모두 내게 큰 영향을 미쳤다. 그리고 그 모든 것들이 하나로 이어져, 내가 경험한 화순의 모습을 시로 풀어내는 과정이 되었다.

화순을 주제로 시를 쓴 것은 고향에 대한 그리움이 가장 깊었을 때였다. 고향을 떠나 앞만 보고 살다 보니 자주 고향을 찾지 못하게 되고, 그리운 마음은 더욱 커져 갔고, 그리움은 결국 시로 풀어내게 되었다.

그러다 2021년『한맥문학』에서 시 부문 신인문학상을 수상하며 소감을 밝히기도 했다.

"자연을 벗 삼은 이들과 함께 문학청년의 길을 걷고 싶어 쉴 틈 없이 펜을 잡았다."

고향 화순을 떠올리면 세량지의 고요한 물결이 떠오른다. 세량지에서는 물이 흐르는 소리, 바람에 흔들리는 나뭇잎 소리만 들린다. 세량지의 물은 항상 고요했고, 그 고요함 속에서 나는 마음을 비울 수 있다. 그곳에 있으면 시간이 멈추는 듯한 느낌을 받는다. 그 평화로운 풍경을 시로 담아내고 싶었다.

세량지, 그 고요한 물결

바람이 지나가고,
물에 비친 하늘이 나를 부른다.
그곳에서 내 마음은 다시 태어난다.

세량지의 자연을 묘사하며 느꼈던 고요한 평화와 내면의 안식을 담으려고 했다. 세량지에서는 온갖 걱정과 번잡함을 내려놓게 되고, 세량지의 물을 바라보고 있으면 마음의 치유가 되는 느낌을 받는다.

운주사는 또 다른 화순에서의 중요한 장소다. 운주사에 가면 또 다른 위안을 받곤 한다. 고요한 분위기와 깊은 역사는 많은 생각을 하게 만들고, 운주사에서의 시간은 항상 마음을 차분하게 해준다. 운주사는 그 자체로 과거의 사람들, 그들의 신앙과 삶의 이야기를 품고 있어서 불교의 철학과 평화로운 삶의 의미를 배우게 된다. 그래서 운주사를 떠올리며, 나는 시 속에서 그 느낌을 이렇게 풀어내었다.

운주사, 그 고요한 대웅전
불상의 얼굴에 비친 평화는
내 마음에 스며들어,
세상의 모든 소란을 잠재운다.

운주사에서 느꼈던 고요함은 마음속을 어지럽혔던 것들을 잠재우

고 평화로 가득 차게 만드는 힘을 가졌다. 운주사에서 시간을 보내면, 스스로를 돌아보게 되고, 삶에 대해 깊이 생각하는 시간을 가질 수 있다. 탑들 사이를 걷다 와불을 만나러 올라가다 보면 고요함 속에서 진정한 평화가 무엇인지 깨닫기도 한다. 운주사는 단순히 역사적 가치만 있는 곳이 아니라, 마음의 안식을 주는 장소이기도 하다.

화순을 떠올리면 또 하나의 중요한 장소는 적벽이다. 적벽 하면 중국의 삼국지에 등장하는 적벽대전의 장면을 연상시킨다. 기나긴 역사를 지나오면서 자연은 절경을 낳았고, 변방이라는 이유로 유배지가 되기도 했던 화순은 굴곡진 역사의 순간을 함께 지켜낸 장소이다. 적벽에서 느꼈던 것은 아픔과 상처를 딛고 자연이 치유하는 힘과 평

화의 메시지였다. 적벽은 과거의 고통을 묵묵히 지켜본 장소이자 새로운 삶이 자라는 장소이기도 하다. 적벽을 바라보며, 자연이 주는 힘을 느꼈고, 그것을 시로 표현하였다.

적벽, 산과 강은
그 아픔을 기억하고,
하지만 그 위에 다시 새로운 생명이 자란다.
전쟁의 흔적 속에서 평화는 다가온다.

적벽은 자연과 역사가 함께 살아 숨 쉬는 곳이다. 과거의 상처를 치유하는 곳이었고, 그것을 시로 풀어내며 평화와 회복의 메시지를 담고 싶었다.

    화순을 시로 풀어내면서, 그곳이 가진 아름다움과 의미를 다른 사람들과 나누고 싶었다. 고향 화순은 자연의 아름다움, 사람들의 따뜻한 정, 평화로운 분위기 등을 모두 가르쳐준 곳이다. 시는 마음을 그대로 담아낼 수 있는 가장 순수한 방법이라고 생각한다. 시를 통해 화순을 알리고, 그곳에서 느꼈던 감정들을 다른 사람들과 나누고 싶었다.

    화순을 떠난 뒤에도 문득문득 생각나고 그립기까지 하였다. 그리움은 시간이 지나면서 더 깊어졌고, 그 감정을 시로 풀어내고 싶다는 생각이 들었다. 시는 그리움과 사랑을 가장 직접적이고 진지하게 표현할 수 있는 방법이었다. 시들은 내 마음속의 고향에 대한 애정을 담은 소중한 기록이다.

    화순을 시로 표현하는 과정은 큰 의미가 있다. 고향에 대한 그리움뿐만 아니라 자연과 문화, 그리고 사람들에 대해 다시 한 번 생각해 보는 시간이 되었다. 고향은 내 삶의 기초가 되는 곳이며, 나를 만들어 준 곳이다. 그래서 나는 화순을 시로 쓰는 일에 큰 애정을 쏟았다.

    고향을 알리는 방법은 사람마다 다를 것이다. 어떤 사람은 그림으로, 어떤 사람은 말로, 또 어떤 사람은 음악으로 고향을 알린다. 나에게는 시가 그 방법이다. 시를 통해 화순을 다시 만났고, 그곳에 대한 사랑과 애정을 표현할 수 있었다. 그리고 그 시들을 통해, 고향의 아름다움과 평화가 다른 사람들에게도 전해지기를 바라는 마음이다.

화순을 시로 쓰는 일은 단순한 글쓰기가 아니라, 고향에 대한 깊은 사랑을 담은 하나의 기록이자 고백이다.

〈화순이 좋다〉
그 마음처럼

  '화순이 좋다'를 기획하고 발간했을 때 마음속에는 분명한 믿음이 있었다. 화순이 단순한 장소 이상의 의미를 지닌다는 것이다. 화순에서 태어나 자라며 겪었던 수많은 순간들이 내 마음을 이루었고, 그곳에서 배운 것들 하나하나가 오늘의 나를 만들어 주었다.

  인생이 중반을 넘어서고 나서야 문득 발걸음을 멈추게 된다. 바쁘게 달려온 길 위에서 잠시 고개를 들면, 지금 서 있는 이 자리가 어디쯤인지 헷갈리기 시작한다. 여기가 원래 가고자 했던 곳이 맞나? 이 방향이 정말 내가 바라던 길이었을까? 예전엔 앞만 보고 달렸고 목표가 확실했는데 어느 정도 와보니 의심이 들기 시작한다. 어릴 땐 꿈을 향해 달리는 게 전부였고, 가난을 눈으로 확인했을 때는 먹고 사는 문제를 해결하는 게 다였고, 이를 이루기 위해서는 오직 도전이 정답이었다.

그런데 이제는 속도를 조절할 줄 아는 능력이 생기고 완급을 조절하다 보니 비로소 보이는 풍경이 있다. 그 풍경은 생각보다 낯설고, 어떤 건 아예 처음 보는 것 같기도 하다. 방향이 맞는지 자꾸 확인하게 되는 건 어쩌면 자연스러운 일일지도 모른다. 다시 달리려고 할 때 달리기 전에 다시 한 번 점검의 시간을 가질 필요가 있다. 그 시간이 바로 '화순이 좋다'와 함께 한 시간이다. 느리더라도 재점검의 시간은 중요하다.

덕산마을의 논두렁을 걷다 보면 어릴 적 기억이 스멀스멀 올라온다. 공룡 발자국이 찍혀 있는 땅은 그 자체로 시간의 무게를 품고 있고, 사람의 손으로는 도저히 만들 수 없을 만큼 압도적인 절경은 고개를 숙이게 만든다. 자연과 어우러져 한 폭의 그림을 만들어낸 정자들은 그림처럼 고요하게 서 있고, 숲속 깊은 곳에 자리한 사찰은 말없이 마음을 다독인다. 장독대로 쓰였던 돌무더기 하나하나가 그 머나먼 옛날 제사장의 무덤이고 소중한 세계유산으로 탈바꿈했을 때의 놀라움은 지금도 가슴을 친다. 장터에선 웃음과 소란이 끊이지 않고, 사람들이 오가는 소리 속에 삶의 온기가 묻어난다.

이 모든 풍경을 하나씩하나씩 '화순이 좋다'에 담다 보니 어느덧 서서히 마음 정리가 된다. 마음속 어지럽던 것들이 제 자리를 찾아가고, 어디로 가야 할지 다시 감을 잡게 된다. '화순이 좋다'는 단순히

여행이 아니라, 그곳을 통해 내 안을 들여다보는 시간이었던 셈이다. 다시 속도를 내기 전, 아주 잠깐의 느림이 준 선물이었다.

화순에서의 일상 속에서 마음의 소중함을 배우고, 화순에서 만난 사람들의 마음도 큰 영향을 주었다. 그들은 항상 따뜻하고 서로를 도우려는 마음이 넘쳤다. 그들처럼 마음을 열고, 다른 사람들의 입장에서 생각하며, 진심을 다해 대하는 것이 얼마나 중요한지를 깨닫는다. 사람들이 나누는 진심 어린 대화와 서로의 삶을 진지하게 염려하는 마음을 통해 사람과 사람 사이에 진정한 연결을 만드는 바로 그런 마음이다.

'화순이 좋다'는 그런 의미가 담겨 있다. 화순에서의 기억들은 추억으로 자리 잡고 마음 깊숙이 새겨져 있다. 그런 마음을 삶의 중심에 두고, 세상을 바라보고 사람들과 관계를 맺으며 살고 있다.

가장 강조하고 싶은 것은 마음의 중요성이다. 우리는 살면서 여러 가지 목표를 추구하며 바쁘게 살아간다. 하지만 그 속에서 가장 중요한 것이 무엇인지 가끔은 잊어버릴 때가 있다. '화순이 좋다'와 함께 한 시간을 통해 마음을 돌보는 것이 얼마나 중요한지를 알게 되었다. 때로는 어려움과 힘든 순간들을 이겨낼 수 있었던 것도, 결국 마음에서 오는 힘 때문이다. 우리가 가진 마음이 얼마나 강한지, 또 그것이 우리를 어떻게 이끌어가는지를 깨닫게 된 소중한 시간이다.

그리고 '화순이 좋다'를 통해 전하고 싶은 메시지는 마음을 돌보는 일, 서로를 이해하고 배려하는 일이 얼마나 중요한지를 다시 한번 생각해 보자는 것이다. 마음을 나누고, 진심을 다하는 것이 우리가 살아가는 데 있어 얼마나 중요한지에 대해 다시 한번 되새길 필요가 있다.

느림의 시간은 결코 인생을 멈추게 하는 것이 아니다. 마음을 들여다보는 시간을 가지라는 마음에서 보내는 신호이다.

삼베에 스민
어머니의 손길

　지금은 보기 어렵지만 70년대만 해도 한여름 당산나무 아래에서 삼베옷을 입고 긴 담뱃대를 물고 계신 할아버지들의 모습을 보면 너무 시원해 보였다.

　보리밥 한 그릇도 황송하던 시절, 집집마다 삼베를 마련해서 장롱 위에 보관하곤 했다. 저승길에 입을 수의를 살아생전 미리 마련해 둬야 한다는 생각에서였다.

　어린 마음에 죽음을 생각하면서 "왜 저런 걸 미리 만들어 두냐."고 눈물까지 찔끔거린 적이 있다.

　삼베는 서민층에서 많이 이용하던 섬유로, 여름에는 삼베옷을 만들어 입고 삼베이불도 만들어 덮었으니, 죽을 때 입을 옷도 미리 만들어 놓은 것뿐이다. 심지어 당시 어른들 사이에는 삼베로 수의를 만들어 놓으면 오래 산다는 말까지 생길 정도다.

무섭고 고통스럽고 두려운 죽음을 절대로 뗄 수도 없고 외면할 수도 없으니 자연스레 삶의 지혜가 생긴 것이다. 삼베로 수의를 만들기 시작한 것은 일제강점기부터라는 것을 알고 나면 다소 허탈하기도 하지만 삼베가 우리 곁에서 소중한 일상으로 자리 잡다 보니 자연스레 생긴 마음일 것이다.

삼 농사를 지어 옷도 짓고, 이불도 만들고, 수의도 지어 보관하는 일은 모두 어머니의 몫이었다. 삼 농사를 짓는 것은 힘든 일이었지만 어머니는 묵묵히 일을 하였다. 삼을 심고, 기르고, 수확하여 실을 뽑고, 짜고, 베틀에 올려 옷과 이불을 만드는 과정은 손이 많이 가고 시간이 오래 걸렸다. 어머니 손끝에서 나오는 정성과 사랑으로 만들어진 거라는 생각은 하지 못한 채 당연하게 옷을 입고, 이불을 덮었던 철없던 시절이었다. 어머니는 삼을 통해 우리 가족을 지켰고, 우리에게 삶의 지혜를 가르쳐 주었다.

삼베는 참으로 묘한 식물성 직물이다. 겉으로 보기에는 투박하고 거칠지만 속성은 놀라우리만큼 강인하고 단단하다. 더운 여름날 땀을 흘려도 잘 마르고, 위생적이며, 무엇보다도 숨을 쉰다. 삼베는 '호흡하는 옷'이라 불릴 만큼, 자연과 가장 가까웠다.

삼베는 우리 삶에서 아주 중요하다. 태어날 때부터 죽을 때까지 함께하는 직물이었다. 어릴 때부터 삼베로 옷을 만들어 입히고, 여름에

는 삼베 저고리를 입히고, 돌아가신 부모님께는 정성스럽게 지은 삼베 수의를 입혀드렸다. 그렇게 삼베는 삶과 죽음을 이어주고 있었다.

그러나 세상은 변했다. 삼이 마약류로 분류되면서 지금은 안동 등 일부 지역에서만 국가의 관리를 받으면서 삼을 재배할 수 있게 되었다. 화순에서도 삼베 농사를 짓지 않게 되었고, 삼 농사는 점차 줄어들었다.

삼 농사를 짓지 않아도 입을 옷이 많아지고, 온갖 기능을 가진 여러 종류의 이불들이 나오고, 장례문화가 바뀌니 집집마다 수의를 보관하던 문화는 자연스레 사라지고 있다. 이렇게 세월이 변해도 평생을 삼베와 함께 살아온 어머니의 삼베에 대한 마음까지 사라진 것은 아니다.

코로나19로 사회가 혼란하던 때 릴레이 기부행사를 주관하고 있는 대한민국가족지킴이가 한국 삼성무역으로부터 삼베를 후원받아 전국의 지자체 및 봉사단체에 기부하며 삼베 무료 나눔을 실천하고 있다는 소식을 듣고, 여기에 동참하여 국내 어르신들과 장애인들을 위한 릴레이 사랑나눔을 실천하였다. 그리고 화순군 도곡면을 방문해 삼베 원단 10톤을 기증하였다.

하루는 어머니가 아들에게 기분 좋은 목소리로 말씀하셨다.

"오늘 면장이 삼베를 주고 갔네. 나 죽으면 이것으로 수의 만들어라."

마치 큰 과제를 부여하기라도 하듯 당부의 말씀을 하였다. 도곡면장이 마을 사람들에게 삼베를 전달하면서 어머니에게도 전달한 모양이다.

어머니는 비로소 큰 숙제를 해결한 듯 마음이 편안해지셨을 것이다.

비록 기부였지만, 어린 시절 집집마다 삼 농사를 지어 삼베로 옷과 이불, 수의를 짓던 그 문화를 어머니에게 대신 느끼게 해준 것 같아 너무 기뻤다.

기부는 단순히 기부의 의미를 뛰어넘어 스스로에게 하는 저축 같은 의미를 담고 있다. 그것은 우리가 받은 사랑을 되돌려주는, 삶의 순환을 이루는 중요한 행위이다.

어머니는 삼을 통해 우리에게 삶의 지혜를 가르쳐 주셨다. 그 지혜는 단순히 농사에 관한 것이 아니다. 그것은 삶을 살아가는 방식, 사랑을 주는 방식, 그리고 세상을 살아가는 태도에 관한 것이다. 어머니의 삶은 삼과 함께 있었고 그 삶은 지금 내 마음속에 살아 있다.

장학금은
씨앗이다

세상은 누구에게는 공평하고 누구에게는 불공평하다. 하루 24시간은 누구에게나 공평하지만 그 내용을 들여다보면 24시간이 과연 공평한 걸까 하는 의문이 든다.

누구는 풍요로운 가정에서 태어나 하고 싶은 거 마음껏 하고, 배우고 싶은 거 마음껏 공부할 수 있다. 그러나 누구는 시작부터 힘든 사람도 있다. 부모님이 생활비 벌기도 바쁘고, 공부보다 생계를 먼저 생각해야 할 수도 있다. 같은 24시간이라도 누구에게는 풍요롭고 너그럽고 투자를 할 수 있는 시간이지만 누구에게는 숨막히고, 빡빡하고, 잠을 쪼개야 하는 시간이다.

누군가는 배움의 기회를 쉽게 얻고, 누군가는 그 기회가 너무 멀리 있다. 그런데 장학금은 그런 사람들에게 주는 씨앗 한 톨 같은 것이다. 처음에는 작고 별거 없어 보여도, 그 씨앗이 좋은 땅을 만나면 언젠가는 뿌리를 내리고 나무로 성장한다. 그리고 그 나무는 또 다른 열매를 맺고, 그 열매에서 새로운 씨앗이 생긴다. 그렇게 좋은 것들이 퍼져나간다.

이런 세상에서 필요한 게 바로 '노블레스 오블리주'다. 가진 사람이 책임을 다하자는 말이다. 돈이 있거나, 지위가 있거나, 배운 게 많으면 그걸 나 혼자만을 위해 쓰지 말고, 어려운 사람을 도우라는 뜻이다.

졸업한 지 40년이 지나 모교에 장학금을 지원한 적이 있다. 그때 소감을 남긴 학생의 말은 많은 것을 생각하게 한다.

"선배님 덕분에 지금까지 해보지 못한 다양한 체험을 할 수 있어서 즐거웠고, 최고의 체험 학습이었습니다. 우리도 앞으로 누군가의 꿈을 응원하고 지원해 줄 수 있도록 열심히 살아야겠다는 생각을 하게 되었습니다."

장학금이란 게 그냥 돈이 아니라는 뜻이다. 그건 누군가의 가능성에 심는 작은 씨앗이다. 아직은 작아서 눈에 잘 보이지 않을 수도 있다. 꿈, 노력, 희망 같은 것들을 키울 시간과 공간을 만들어주는 게 장학금이다.

물론 모든 씨앗이 다 자라지는 않는다. 어떤 씨앗은 비가 부족하거나, 갑자기 바람이 불어서 뿌리를 못 내릴 수도 있다. 그렇다고 씨앗을 안 심을 수는 없다. 열 개 중 다섯 개만 자라도, 그 다섯 그루가 다

음 세대에 또 열 개, 스무 개의 씨앗이 될 수 있기 때문이다.

　장학금을 주는 사람은 그냥 주기만 하면 된다. 훌륭한 사람이 되어라, 큰 인물이 되어라 하는 순간 받는 사람은 장학금이 불편해진다.

　장학금을 주는 사람의 역할은 그저 준다는 데 있다. 그 사람이 미래에 어떻게 성장할지, 어떤 사람이 될지는 장학금을 받은 사람의 몫이다. 그저 장학금을 받은 사람이 그 지원 덕분에 한 걸음 더 나아갈 수 있기를 기원할 뿐이다. 장학금을 받은 사람이 어떤 사람이 되기를 바라는 마음은, 그저 "잘 자라라."는 소망일 뿐이다. 씨앗이 자라듯이, 장학금을 받은 사람은 그저 햇볕을 받으며 자라면 된다.

햇볕은 씨앗에게 아무 조건 없이 비친다. 씨앗이 꽃을 피우거나 열매를 맺을지, 아니면 그냥 풀 한 포기만 자라게 될지 그것은 중요하지 않다. 햇볕은 변함없이 따스하게 비춰줄 뿐이다. 마찬가지로 장학금도 그저 주어지는 것이다. 받는 사람이 어떤 모습으로 자라게 될지는 오롯이 그 사람의 시간이 만들어가는 것이다.

장학금은 기회를 만드는 일이다. 똑같은 실력을 가진 두 사람 중에, 형편이 어려운 사람에게 장학금을 주면, 그 사람도 같은 출발선에서 시작할 수 있다.

세상이 처음부터 모두에게 공평하긴 어렵다. 하지만 지금보다 조금 더 나은 세상을 만들 수는 있다. 가진 사람이 책임을 다하고, 도움이 필요한 사람에게 기회를 주면, 세상은 천천히라도 변한다. 그렇게 우리가 서로를 도우며 사는 게, 진짜 사람 사는 세상이다.

자신의 하루에 충실하면서도 다른 사람의 행복을 위해 관심을 가지고 즐거움을 나눌 때 비로소 더 나은 세상은 찾아온다. 더불어 제가 행하는 조그마한 선행들이 많은 분이 봉사하는 마음을 갖게 되는 계기가 되기를 바란다.

환경대상 수상의
무게를 이겨내라

"당신들은 자녀를 가장 사랑한다고 말하지만, 기후 변화에 적극적으로 대처하지 않는 모습으로 자녀들의 미래를 훔치고 있다."

스웨덴의 청소년 환경운동가인 그레타 툰베리가 2019년에 유엔 본부 기후 행동 정상 회의에서 연설하면서 한 말이다. 그레타 툰베리는 이 연설로 세계적으로 유명해졌으며, 타임지 올해의 인물에 최연소로 뽑히기도 하였다.

지구온난화로 위기에 처한 지금 기후 위기 대응을 위한 환경운동은 선택이 아니라 생존을 위해 반드시 해야 할 필수 행동이다. 남극의 빙하가 녹아내리고, 펭귄들의 보금자리는 줄어들며, 비쩍 마른 북극곰만이 해외토픽의 하나가 아닐 것이다. 지구 곳곳에서 나타나는 극단적인 날씨 현상, 해수면 상승, 생태계 파괴 등은 더 이상 먼 미래의 일이 아니고 눈앞에 닥친 현실이다. 이러한 현실을 직시하고, 이를 해결하기 위한 노력은 단순한 환경 보호를 넘어 우리의 삶과 미래를 지키기 위한 필수적인 과제가 되었다.

그레타 툰베리가 2018년 8월, 스톡홀름 의회 앞에서 '기후를 위한 학교 파업'을 시작한 행동은 전 세계적으로 큰 반향을 일으켰다. 이후 금요일마다 거리로 나가서 기후 변화 대응을 촉구하는 '미래를 위한 금요일'이라는 운동으로 확산되었고, 독일, 영국, 프랑스, 호주, 일본 등 세계로 퍼져나갔다. 이런 노력으로 노벨평화상 후보에 오르기도 하였다.

그레타는 유엔 기후 변화 회의에서 "100개 기업이 전 세계 배출량의 71%를 차지한다."며 기업들의 책임을 지적했다. 이러한 발언은 단순한 경고가 아니라, 실제로 우리가 직면한 현실을 보여주는 것이다.

그러나 그레타의 노력에도 불구하고, 기후 위기는 여전히 심각한 상황이다.

기후 위기 대응은 더 이상 선택이 아닌 필수이다. 그레타의 행동은 우리에게 환경운동이 단순한 관심이 아니라, 우리의 미래를 지키기 위한 필수적인 행동임을 상기시킨다. 우리가 지금 행동하지 않는다면, 미래는 더욱 암울해질 것이다.

2022년 겨울, 환경대상 수상 소식은 남달리 다가왔다. 물론 기쁜 마음도 있었지만, 그 상이 무엇을 의미하는지, 어떤 책임이 따르는지에 대해 깊이 생각하는 계기가 되었다.

환경운동은 어느 한 사람의 노력으로 이루어지는 것이 아니다. 기후 변화나 플라스틱 오염 같은 문제들을 들여다보면, 한 사람이 해결할 수 있을까 하는 막막함이 느껴지기도 할 것이다.

무엇보다 작은 것이라도 실천하는 것이 중요하다. 개인은 일회용품 사용을 줄이고 재활용을 철저히 하는 등 생활 방식부터 바꾸고, 기업들은 플라스틱을 줄여나가는 방법을 적극적으로 찾아야 하며, 탄소배출을 줄여나가는 노력을 계속해 나가야 한다.

환경대학원에서 공부하면서 환경오염으로 인한 기후 변화, 기후 위기에 대해 더 많이 알게 됐고, 환경오염과 기후 위기 대응에 적극적으로 활동하기 시작했다. 한 걸음 더 나아가 기후 위기 대응과 환경오염 방지를 위해 국제적으로 활동하는 단체 등에 기부하는 방법도 찾아보았다.

환경대상을 받고 나서 더 큰 책임을 느끼게 되었다. 이 상의 무게는 혼자만의 것이 아니라 함께 일해온 사람들과 나를 지지해 준 많은 사람들의 노력도 함께 담겨 있다고 생각한다. 앞으로 더 많은 사람들에게 환경 문제에 대한 중요성을 알리고, 함께 해결책을 찾기 위한 노력을 해야 한다는 생각이 들었다.

기후 위기나 환경 문제는 이제 더 이상 한 사람의 문제가 아니다. 우리가 사는 세상이 점점 더 뜨거워지고, 여러 자연재해가 자주 일어나는 이유도 바로 우리가 환경을 제대로 돌보지 않았기 때문이다. 우리가 지금이라도 환경을 생각하고, 하나씩 실천을 시작하지 않으면, 그 결과는 우리가 상상하는 것보다 훨씬 더 나쁘게 돌아갈 수 있다.

환경운동을 통해 사람들이 기후 위기나 환경 문제에 대해 더 많이 생각하고, 그 문제를 해결하기 위해 무엇을 할 수 있을지 고민하는 모습들을 보았다.

환경을 지키는 일은 너무 거창하게 생각할 필요는 없다. 일상에서 우리가 할 수 있는 것들부터 시작하면 된다. 플라스틱을 줄이고, 대중교통을 이용하고, 에너지를 절약하는 것들만으로도 환경에 큰 도움이 될 수 있다. 매일 하는 작은 실천들이 누군가에게 영향을 미쳐서, 그 사람이 또 다른 변화를 일으킬 수 있다. 이런 식으로 우리의 작은 노력들이 모두 모이면 큰 변화를 일으킬 수 있다.

기후 위기 문제는 한 사람이나 한 나라만의 문제가 아니다. 우리 모두가 함께 나서야 해결할 수 있는 문제이다. 개인이 할 수 있는 일은 많지 않지만, 개개인이 시작하는 작은 변화들이 다른 사람들에게도 영향을 미친다면 그 또한 큰 의미가 있다.

환경대상은 개인에게 큰 영광이지만, 그만큼 더 많은 일을 해야 한다는 책임감을 느끼게 해주었다. 앞으로도 계속해서 사람들에게 환경을 지키는 방법들을 알리고, 우리가 함께 힘을 합쳐 더 나은 세상을 만들 수 있도록 노력할 것이다. 우리가 할 수 있는 작은 실천들이 모여, 결국 더 나은 지구를 만들 수 있다는 희망을 가지고 말이다.

세상의 중심은
사람이다

지인 중에 이런 말을 잘 하는 이가 있다.

"세상의 중심은 나야. 모든 세상은 나를 중심으로 돌아가."

이 말은 어쩌면 처음 듣는 사람에게 다소 이기적이고 자만심 가득한 말로 들릴 수도 있다. 그러나 곰곰이 생각해 보면 그리 틀린 말은 아니란 생각이 든다. 내가 없으면 세상이 무슨 소용이 있을까. 지인이 말하는 세상은 모든 세상이라기보다도 자기가 생활하는 세상을 말하는 게 아닐까.

세상에서 가장 중요한 것은 무엇일까? 누구는 돈이라 할 것이고, 누구는 사랑, 누구는 꿈, 누구는 건강이라고 할 것이다. 사람마다 중요하게 여기는 것은 다 다르다. 그러나 무엇보다 중요한 것은 바로

사람이다. 사람이 있어야 돈도 있고, 사랑도 하고, 꿈도 꾸고, 건강도 지킬 수 있는 것이다. 그리고 그 사람은 '나'로 시작한다. 내가 있기에 내가 바라보는 세상이 있고, 내가 나를 중심으로 세상을 이해하고, 경험하며 살아가는 것이다.

우리가 살아가는 이 세상은 내가 어떻게 느끼고 생각하느냐에 따라 달라진다. 나는 세상의 주인공이고, 세상과의 모든 관계는 내가 어떻게 다가가고 어떤 마음을 가지느냐에 따라 변화한다. 내가 사랑을 나누고, 내가 꿈을 꾸고, 내가 고통을 겪고, 내가 행복을 느끼고, 내가 슬픔에 잠기는 모든 일들은 결국 내 삶을 중심으로 펼쳐진다.

하지만 세상이 나를 중심으로 돌아간다고 해서, 내가 세상 모든 것을 독차지할 수 있다는 것은 아니다. 오히려 내가 세상의 중심이라고 느낄 때, 내가 주변 사람들과 어떤 관계를 맺고 있고, 어떻게 다른 사람들의 마음을 이해하느냐가 더 중요해진다. 사람은 혼자 살 수 없고, 내가 살고 있는 이 세상은 나 혼자만의 세상이 아니다. 내가 세상의 중심이라면, 그 중심에 다른 사람들도 함께 있어야 비로소 완성체가 된다.

"세상에서 가장 중요한 것은 사람이다. 사람을 이해하고 사람을 사랑하는 것이 진정한 의미의 삶이다."

일평생 나눔을 실천하고 있는 김장하 선생의 말씀이다. 이 말은 우리에게 큰 울림을 준다. 사람을 사랑하고 이해하는 것, 그것이 결국 우리가 세상에서 살아가는 가장 중요한 이유임을 알려주기 때문이다. 세상을 살아가면서 수많은 사람들과 만나고, 그들과 나누는 이야기, 감정, 경험들이 우리의 삶을 이루는 요소요소이다. 우리가 누구와 함께하며 무엇을 하느냐에 따라 우리의 삶이 달라진다. 사람을 사랑하고, 이해하는 마음이 있으면 세상은 훨씬 더 따뜻하고 아름답게 느껴진다.

사람을 중심에 두고 살아간다는 것은 바로 타인을 존중하고 배려하는 마음을 갖는 것이다. 사람을 중심에 둔다는 것은 내 이익만을 생각하지 않고, 다른 사람의 입장에서 생각하는 것이다. 우리는 자주 자신의 생각이나 감정을 가장 중요하게 여기는 상황에 맞닥뜨리곤 한다. 그럴 때는 잠시 숨을 고르고 생각해야 한다.

세상은 나 혼자만의 것이 아니다. 우리가 사는 이 세상은 많은 사람들이 서로 영향을 미치고, 영향을 받으며 살아간다. 내 주변의 사람들이 행복하면 나도 행복할 수 있다. 내 주변의 사람들이 고통을 겪고 있다면, 나도 그 고통을 함께 느끼게 된다. 결국, 나의 행복과 고통은 내가 아닌 다른 사람들과 연결되어 있다는 사실을 알아야 한다.

세상에서 가장 중요한 것은 결국 사람이다. 돈이나 성공, 명예도 중요하지만, 그것들은 결국 사람이 만들어낸 것이다. 내가 사랑하는 사람, 내가 함께 살아가는 사람, 내가 함께 일하는 사람들이 없으면 그 모든 것은 아무 의미가 없을 것이다.

세상에서 가장 중요한 것은 나 자신이 아니라, 나와 함께 살아가는 사람들이다. 내가 소중히 여기는 사람들, 나를 아껴주는 사람들, 내가 사랑하는 사람들. 그 사람들 속에서 나는 내 존재의 의미를 찾고, 그들과 함께 세상을 살아가며 진정한 행복을 느낄 수 있다.

차이를 넘어,
함께하는 세상

요즘은 우리 주변에서 외국 사람들을 자주 볼 수 있다. 마트에서 장을 보거나, 버스를 타거나, 학교 앞에서 아이를 데리고 있는 모습이 낯설지 않다. 그들은 우리나라 사람과 결혼해서 가정을 이루고, 아이를 키우며 살아가고 있다. 베트남, 필리핀, 태국, 중국, 우즈베키스탄 등 아주 다양한 나라에서 왔다. 이렇게 다른 나라에서 온 사람들이 많아지면서 우리나라는 더 이상 단일 민족이 아니다. 지금 우리나라에는 50여 개국에서 온 120만 명의 다문화 가족과 외국인들이 함께 살고 있다.

다문화 사회는 이제 선택이 아닌 필수로 다가왔다. 세계화와 이주, 그리고 다양한 문화의 융합은 더 이상 남의 나라 이야기가 아니다.

1990년대 후반부터 외국인 노동자와 결혼 이주 여성의 유입이 본격
화되었고, 그로 인해 다문화 가정이 급증했다. 통계청 자료에 의하
면 다문화가구 수는 2015년 299,241가구에서 2023년 415,584가구
로 증가했다. 이는 단순한 숫자의 변화가 아니라, 사회 구조와 문화
의 변화를 의미한다.

　하지만 이러한 변화는 긍정적인 면만 있는 것은 아니다. 다문화 가
정의 자녀들은 언어와 문화의 차이로 인해 학교에서 어려움을 겪는
다. 특히 부모 중 한 명이 외국인인 아이들의 경우 84.3%가 한국 사

회에서 차별을 경험하고 느낀다는 조사 결과가 있다. 이는 단순한 개인의 문제가 아니라, 사회 전체의 문제로 인식되어야 한다.

처음엔 어른들도, 아이들도 외국 사람들을 보면 조금 어색해했다. 말이 잘 통하지 않고, 생김새도 다르고, 먹는 음식이나 옷차림도 달랐기 때문이다. 그래서 마음을 열기까지 시간이 걸렸다. 하지만 함께 지내다 보면 다르다는 것이 나쁜 것이 아니라는 걸 알게 된다. 다르기 때문에 새롭고 배울 것이 많다.

충청도 어느 시골 마을에서는 베트남에서 온 엄마들이 모여 서로 도우며 아이를 키운다. 한국말이 어려워도 함께 웃고 요리도 나누며 친구가 된다. 처음에는 마을 사람들이 낯설어했지만, 지금은 "우리 며느리", "우리 이웃"이라고 부른다. 명절이면 한국 음식도 같이 만들고, 베트남 음식도 함께 나눠 먹는다. 문화가 다르지만 함께 사는 방법을 배우고 있는 것이다.

학교에도 다문화 가정의 아이들이 많아졌다. 어떤 아이는 엄마가 태국 사람이고, 또 어떤 아이는 아빠가 우즈베키스탄 사람이다. 처음에는 친구들이 말을 잘 못 알아듣는다고 놀리기도 했다. 하지만 시간이 지나면서 서로 다르다는 것이 특별하다는 걸 알게 되었다. "너희 집 음식은 어떤 맛이야?", "그 나라 노래는 어때?" 하고 물으며 친구가 된다. 학교에서는 다문화 발표회를 열어 서로의 문화를 소개하고, 전통 의상을 입는 활동도 한다. 이런 기회를 통해 아이들은 자연스럽게 다양성을 받아들이게 된다.

하지만 여전히 어려운 점도 있다. 어떤 사람은 외국인이라는 이유로 무시당하기도 하고, 아이들이 차별을 당하기도 한다. 언어가 다르다는 이유, 생김새가 다르다는 이유만으로 벽을 만든다. 하지만 그 벽은 우리가 조금만 다정해지면 쉽게 무너질 수 있다. 마음을 열기만 하면 된다. 마음을 여는 순간 자연스레 행동으로 옮겨진다.

서울의 한 시장에서 필리핀 출신의 엄마가 떡집을 운영하고 있다. 처음에는 말이 서툴러서 손님이 적었다. 하지만 떡 맛이 좋아서 조금씩 단골이 생겼고, 지금은 많은 사람들이 그 집 떡을 찾는다. "사장님, 여기 찰떡 더 주세요!" 하는 소리가 들리면 사장님은 환하게 웃는다.

그는 이웃들의 사랑을 받는 우리 동네 사람이 되었다.

'제15회 상록수 다문화 국제단편영화제' 대회장으로 추대된 후 '상록수 다문화 국제단편영화제'를 개최한 적이 있었다. 농촌계몽운동 최용신 선생의 혼과 신념을 주제로 개최되는 자유경쟁의 단편영화제이다.

"50여 개국 120만 다민족이 공동 생활하는 우리나라는 이제 더 이상 단일 민족이 아닙니다. 혼, 꿈, 사랑 나눔을 테마로 개최되는 상록수 다문화 국제단편영화제는 목적영화제입니다. 상록수 다문화 국제단편영화제를 통해 우리의 혼을 전파하고, '다국적, 다문화 소통'이라는 계몽된 시민문화를 만들어 글로벌 시대에 앞장설 수 있도록 하겠습니다."

우리나라는 지금 큰 변화를 겪고 있다. 사람들은 점점 적어지고, 농촌에는 일할 사람이 부족하다. 이런 상황에서 다문화 가족과 외국인 근로자들은 큰 힘이 된다. 농촌에서 함께 농사를 짓고, 지역 학교를 지키며, 마을을 밝게 만들어 준다. 다문화는 이제 우리 사회의 중요한 부분이다.

다문화 가족은 우리에게 더 넓은 세상을 배우게 해준다. 음식, 음악, 전통 의상, 말, 생각하는 방식까지 다양한 문화를 알 수 있다. 아이들도 여러 문화를 함께 배우며 자라난다. 앞으로 이 아이들은 서로 다른 문화를 이해하고 존중하는 멋진 어른이 될 것이다.

우리가 해야 할 일은 어렵지 않다. 먼저 인사하고, 이해하려고 노력하고, 다름을 있는 그대로 받아들이는 것이다. 서로 다르다는 건, 서로를 완성시킬 수 있는 기회다. 다양한 문화가 어우러진 사회는 더 따뜻하고 더 풍요롭다. 그 속에서 우리는 더 넓은 세상을 배우고, 더 깊은 사람의 마음을 알게 된다. 그래서 다문화는 단순한 사회 현상이 아니라, 우리 모두가 함께 키워가야 할 소중한 가치다.

차이를 인정하고, 서로를 존중하면 누구나 이 사회의 소중한 이웃이 된다. 차이를 넘어, 우리는 함께 살아가야 한다. 그리고 지금, 우리는 이미 그 길을 걷고 있다.

터널 속에 갇힌 어둠
한 줄기 빛으로 걷어내다

경제적인 어려움은 몸보다 마음을 먼저 지치게 만든다. 통장 잔고를 들여다볼 때마다 한숨이 깊어지고, 계산기 두드리는 손끝이 무거워진다. 당장 오늘 쓸 돈, 내일 갚아야 할 돈, 다음 달 걱정까지 한꺼번에 쏟아지면 머릿속이 하얘진다. 무엇을 먼저 해야 할지 모르겠고, 아무것도 손에 잡히지 않는다. 쌓여가는 고지서와 수입 없는 날들이 겹치면, 삶이 통째로 터널 속에 들어간 것처럼 느껴지고, 그 안에서 버티는 일은 숨이 막히는 기분이다.

사람들은 가끔 돈이 전부가 아니라고 말하지만, 경제적인 어려움이 닥치면 그 말이 얼마나 공허한지 금세 알게 된다. 전기세, 월세, 교통비, 식비, 이런 것들이 전부 돈이다. 삶을 움직이는 최소한의 바퀴들

이고, 그 바퀴가 멈추면 모든 게 멈춘다. 여유가 없는 상태에서는 누군가의 위로조차 부담스럽다. "힘내."라는 말 한마디에도 눈물이 날 것 같고, "괜찮을 거야."라는 말이 스스로를 더 초라하게 만든다. 터널이란 말이 딱 맞다. 앞도 뒤도 보이지 않는, 그저 나 혼자만 남겨진 캄캄한 동굴 속에 갇힌 기분이다.

하지만 그런 시간 속에서도 아주 작은 빛이 스며드는 순간이 있다. 누군가가 따뜻한 밥 한 끼 먹자고 손 내밀 때, 마트 앞 공유 냉장고에서 반찬 하나를 꺼낼 때, 종이컵에 담긴 따뜻한 커피 한 잔을 누군가 내밀 때. 그 순간들은 작지만 숨 쉴 틈이 된다. '혼자는 아니구나'라는 생각을 하게 만드는 순간 빛이 생긴다. 어둠을 완전히 몰아내지

는 못하지만, 무너지는 마음을 겨우 붙잡을 만큼은 된다. 그리고 그게 살아가는 데 필요한 최소한의 온기일지도 모른다.

사람들은 기부나 나눔이라고 하면 풍요롭게 가진 사람이 어려운 사람에게 베푸는 일이라고 생각하기 쉽다.

그러나 해마다 들려오는 소식은 소시민들의 따뜻한 온정에 관한 기사다.

'폐지를 주워 얻은 수익금을 7년째 기부해 오고 있는 관악구 은천동 한 노부부', '광주 광산구에서 어려운 이웃을 위해 써달라고 동전과 지폐를 기부한 익명의 주민', '21년간 폐지 주워 기부한 부천 심곡동 할머니' 등등 헤아릴 수가 없을 정도다.

이렇듯 따뜻한 나눔은 오히려 많이 가진 사람보다 어렵게 사는 사람들 사이에서 더 자주 일어난다. 김치 한 포기를 나누고, 남은 반찬을 옆집에 덜어주는 일. 손에 쥔 게 많지 않아도 나누는 사람들은 많다. 그건 여유가 있어서가 아니라, 어려움을 겪어봐서다. 같은 터널을 지나본 사람만이 어둠 속에서 손을 어떻게 내밀어야 하는지 안다.

어려움 속에서도 누군가를 도울 수 있다는 사실은 나를 지키는 힘이 되기도 한다. 누군가의 어둠에 작은 빛이 될 수 있다면 내 삶이 여전히 의미 있다는 증거다. 봉사도 마찬가지이다. 반드시 대단한 일을 해야 하는 것이 아니라, 아주 작은 행동으로도 가능하다. 잠깐 웃어주는 일, 힘들어 보이는 사람에게 물 한 컵을 건네는 일, 도움이 필요한 사람의 사정을 귀 기울여 들어주는 일. 그것만으로도 누군가는 터널 속에서 다시 한 걸음 내디딜 수 있다.

경제적인 문제는 쉽게 해결되지 않는다. 무언가 하나를 해냈다고 해서 곧바로 나아지는 것도 아니다. 하지만 그 시간을 통과하는 동안 세상 어딘가엔 나처럼 어려운 사람을 위해 빛을 켜두는 이들이 있다. 무료 급식소에서 따뜻한 밥을 나눠주는 손길, 저소득층을 위한 생필품 키트를 포장하는 손, 정기후원을 이어가는 작은 마음들. 그 모든 것이 어둠을 견디게 해주고 어둠을 헤치고 밝은 세상으로 나오게 해준다. 그리고 언젠가는 나도 누군가를 위해 불빛 하나를 밝힐 수 있을 것이다.

지금은 터널 한가운데에 있는 것처럼 느껴지겠지만 그 터널은 끝이 있다. 그 끝을 향해 걷는 동안 삶이 완전히 무너지지 않게 붙잡아주는 건 사람이다. 사람 사이의 따뜻한 마음, 아주 사소한 나눔, 보이지 않는 손길. 그게 이 어둠 속에서 우리가 놓치지 말아야 할 희망이다.

하루하루가 버티는 일처럼 느껴질 때 잠시 멈춰서 보자. 어디선가 아주 희미하게라도 누군가 켜둔 불빛이 보일지도 모른다. 그리고 언젠가 지금보다 조금 더 나아진 내 삶에서 나 역시 누군가의 어둠을 비출 수 있을 것이다. 빛이란 결국 그렇게 서로를 향해 번지는 것이다.